KB114584

네르가시아 장편소설
FUSION FANTASTIC STORY

다시 무왕 연대기

도시 무왕 연대기 15

네르가시아 장편소설

초판 1쇄 찍은 날 § 2016년 11월 15일
초판 1쇄 펴낸 날 § 2016년 11월 22일

지은이 § 네르가시아
펴낸이 § 서경석

편집책임 § 최지원

펴낸곳 § 도서출판 청어람
등록번호 § 제387-1999-000006호
등록일자 § 1999. 5. 31
어람번호 § 제1-2567호

주소 § 경기도 부천시 원미구 부일로 483번길 40 서경B/D 3F (우) 14640
전화 § 032-656-4452 팩스 § 032-656-4453
http://www.chungeoram.com
E-mail §chungeorambook@daum.net

ⓒ 네르가시아, 2015

ISBN 979-11-04-91043-2 04810
ISBN 979-11-04-90445-5 (세트)

네르가시아 장편소설

FUSION FANTASTIC STORY

더 무왕 연대기

도서출판 청어람

목차

1. 이계의 틈

서기 1521년

남극 대륙 중부 지역, 차디찬 겨울바람이 불어닥치고 있다.

휘이이이이잉!

영하 80도를 육박하는 이 엄청난 눈보라를 헤치고 한 무리의 사내들이 나타났다.

"후우, 후우."

보통 사람은 결코 도달할 수 없으며, 도달한다고 해도 수분 안에 심신이 정지해서 죽어버릴 이 땅은 죽음의 땅으로 알려져 있었다.

하지만 명나라 최고의 무인들로 구성된 이 원정대는 오로지 내공 하나로 추위를 버텨낼 수 있었다.

그저 얇은 옷 한 벌 입고 이곳까지 온 그들이지만 내공의 장막을 뚫고 들어오는 이 엄청난 한기에는 감탄을 내뱉을 뿐이다.

"…대단하군. 세상에 이런 엄청난 곳이 있었다니 말이야."

"그나저나 제갈청설은 도대체 어떻게 이곳을 알아낸 것일까?"

"서방의 정보 장사꾼에게 흘리듯 들은 것을 직접 확인하기 위해 여행을 떠났다고 하더군."

사내들은 고개를 내저었다.

"미친놈이군. 아니, 어쩌면 난놈인가?"

"난놈은 난놈이지. 이 세상의 그 어떤 놈이 이곳 남쪽 끝까지 올 생각을 했겠나?"

"뭐, 그건 그렇지."

명나라가 이 세상의 중심이라고 생각하던 중국인들은 남극이라는 대륙은 고사하고 이웃 나라 일본의 지형도 제대로 파악하지 못했다.

이들이 가지고 있던 지도에는 일본의 땅이 거의 제주도만 하다고 나와 있었으니 지금과 같은 여행은 꿈도 꿀 수가 없었을 것이다.

원정대의 대장인 남궁경민은 제갈청설에게서 빼앗은 지도

를 펼쳤다.

지도에는 인간의 피로 X 자 표시를 해둔 지역이 있었다.

"이 부근인 것 같은데?"

"으음, 그렇지만 아무런 표식이 없는데?"

일행이 한참을 두리번거리고 있을 무렵, 어디선가 거대한 진동이 느껴졌다.

쿠그그그그!

"뭐, 뭐지?"

"지진인가? 모두 경공을 준비하도록!"

스스스스스!

언제라도 하늘 높이 날아오를 수 있도록 진기를 모으고 있던 일행의 머리 위로 한 줄기 빛이 내려왔다.

지이이잉!

"으, 으윽!"

"뭐, 뭐야?! 갑자기 무슨 빛이……?"

잠시 후, 그 빛을 따라서 거대한 비석이 하나 뚝 떨어져 내렸다.

쿠웅!

무려 20미터나 되는 비석이 바닥으로 떨어져 내리자 그 주변 직경 50미터가 아래로 푹 주저앉고 말았다.

콰앙!

"끄아아아아악!"

무인들은 속절없이 아래로 추락했고, 그로 인하여 한차례 지진이 일어났다.

콰아아아앙!

지진으로 인한 지반의 붕괴가 일어났고, 무인들은 그 안으로 쏙 빨려들어 가고 말았다.

찰나의 순간이지만 무인들은 경공을 전개하여 목숨을 부지하였다.

"초상비!"

파다다다닥!

낙석을 밟고 올라선 무인들은 간신히 바닥에 착지할 수 있었다.

"휴우, 죽는 줄 알았네."

"하늘이 도왔습니다."

"그러게 말이야."

잠시 후, 무인들은 주머니에 잘 넣어둔 등잔을 꺼내어 불을 붙였다.

화르르르륵!

환하게 밝혀진 동굴 안에는 생전 처음으로 보는 광경이 펼쳐져 있었다.

우우우우웅!

마치 바람에 상처를 낸 듯한 거대한 푸른 아공간이 무인들을 향해 아가리를 벌리고 있었다.

고오오오오오!

무인들은 상처가 난 아공간 틈으로 검을 밀어 넣어보았다.

꿀렁!

검은 아공간의 틈으로 들어가자마자 사라져 흔적을 찾아볼 수 없게 되었다.

"…찾았다!"

"제갈청설이 완전 미친놈인 줄 알았더니 그건 아닌 모양입니다."

"그러게 말일세."

무인들은 바로 그 자리에 앉아 가부좌를 틀었다. 그리고 이어지는 심법의 전개를 통하여 아공간에서 뿜어져 나오는 기운에 몸을 맡겼다.

그러자 그들의 단전으로 형용할 수 없는 엄청난 기운이 들어차기 시작했다.

슈가가각!

"허, 허억!"

"…물건이다! 이건 진짜 물건이다!"

무인들은 환호성을 질렀다.

　　　　　*　　　　　*　　　　　*

아라비아반도 명화방 본방에서 거센 불길이 뻗쳐 나오고 있다.

화르르르르륵!

무사들은 황급히 내공으로 진화에 나섰고, 엄청나던 불길은 이내 사그라졌다.

하지만 문제는 방 내에 있던 꽤 많은 금화가 없어졌다는 것이다.

명화방주 천이령이 분노를 삭이지 못하고 소리쳤다.

"이런 젠장!"

그는 뼈아픈 배신을 당했다.

가장 믿고 신뢰하던 부하 핫산 소셉트가 명화방을 배신하고 수십만 냥의 금을 털어 도주한 것이다.

그는 원래 후위무림맹과 화친하여 중원으로 들어가야 한다고 주장했는데, 방의 반대를 무릅쓰고 자주 그들과 접촉하면서 지냈다.

그러다가 차원의 틈이라는 아주 흥미로운 공간에 대한 얘기를 듣고 후위무림맹에 가입하기로 마음먹었다.

결국 그는 자신의 살길을 도모하기 위해 형제처럼 지내던 방의 식구들을 배신하고 후위무림맹으로 떠나 버린 것이다.

천이령은 뛰어난 수완을 발휘하여 명화방을 역대 최고의 대부호로 만들었지만, 사람을 너무 잘 믿어 뒤통수를 얻어맞기 일쑤였다.

그는 그 자리에 털썩 주저앉았다.

"내가 아직 모자란 것인가?"

"아닙니다, 방주님. 방주님께선 정의로운 사람입니다. 그런 정의로움 때문에 사람이 모여드는 것이고요."

"하지만 저렇게 배신하는 놈이 생기지 않았는가?"

"사람 열을 얻으면 아홉은 떨어져 나간다고 했습니다. 그중에 한 명만 건져도 천운이라고 하는 판국에 지금 방주님께선 수많은 측근을 두지 않으셨습니까? 그들의 충성심 또한 대단하고요."

"으음……."

"힘을 내십시오. 방주님께서 무너지시면 우리는 다 죽습니다."

천이령은 금세 힘을 냈다.

"그래, 이 천하의 명화방주가 의기소침해 있을 수는 없지."

"물론입니다!"

그는 검을 뽑아 들었다.

스릉!

"…전쟁이다. 비록 검으로 벌이는 전쟁은 아니더라도 후위 무림맹을 묵사발로 만들어 버릴 것이다."

"예, 방주님!"

그는 뽑은 검으로 자신의 손을 그어버렸다.

촤락!

피가 사방으로 흩날리며 깊은 상처가 생겨났다.

그는 힘을 주어 피를 더 쥐어짰다.

푸하아아악!

"이 피는 나의 결심을 잊지 않기 위한 의식이다."

"저희들 역시 그 결단을 따르겠습니다!"

수십 명의 측근이 천이령을 따라서 피를 냈다.

푸하아아악!

사방으로 튄 혈액으로 인해 피비린내가 진동하였지만 그들은 아랑곳하지 않았다.

천이령과 그 측근들은 이를 갈았다.

"…아주 뼈가 시리도록 복수해 주마!"

"와아아아아!"

핫산의 배신으로 인해 다시 한 번 견고해진 결속력을 다진 명화방이었다.

2. 다시 만난 날

　북해빙궁 지하 서고 1층, 천태는 자신의 앞을 막아서고 있는 거대한 빙벽을 단 일장에 파괴시켜 버렸다.

　"파!"

　콰앙!

　이미 초식의 한계를 뛰어넘은 무형경의 천태에게 이러한 장벽쯤은 어린아이 장난과도 같았다.

　단 일격에 무너져 버린 장벽 뒤로 한껏 응축되어 있던 냉풍이 불어닥쳤다.

　휘이이이잉!

태하는 처음 지하 서고로 들어갔을 때가 떠올랐다.

'그래, 그때는 처음으로 죽음이라는 것을 직감했었지.'

만약 지금의 경지라면 지하 서고 15층까지 내려가는 것이 큰 문제는 아니겠으나, 그때의 태하는 아직 현경에도 채 이르지 못하고 있었다.

아마 천태가 있음으로 인해 태하는 손 하나 까딱하지 않고 15층까지 무사히 내려갈 수 있을 것이다.

천태가 지하 서고로 발을 내디딜 때쯤, 전방에서 엄청난 양의 진기가 돌진해 들어왔다.

쿠그그그그그!

"현경쯤 되는 것 같은데?"

"갑자기 저놈들이 왜⋯⋯?"

15층까지 이어진 설화령의 진법은 북해빙궁의 영향을 받아 강력해져 있었지만 진석이 있는 곳에서만 영유할 수 있다는 단점이 있었다.

때문에 각 층마다 한 번씩 공격을 할 수 있었음으로 이렇게 대량으로 몰려든다는 것은 생각할 수도 없던 일이다.

천태는 저것들을 한 방에 날려 버리기 위해 건곤대나이를 끌어올렸다.

스스스스스스!

잠시 후, 천태의 단전에서부터 뿜어져 나온 붉은색 진기가 한바탕 회오리치더니 이내 거대한 풍랑으로 변하여 갔다.

쐐에에에에엥!

고오오오오!

태하는 감탄을 넘어선 경외가 절로 튀어나왔다.

"…역시 고수는 고수다! 이 세상에 저런 경지가 있을 줄은 상상조차 하지 못했어!"

고수는 자신을 뛰어넘는 고수의 무공을 보았을 때 비로소 자신에게 모자란 부분이 무엇인지 깨닫게 된다.

태하는 이로써 자연경을 뛰어넘는 실마리를 얻게 되었다.

'천, 지, 인, 이 세상은 이 세 가지로 이뤄진다. 그러니까 이 세 가지가 융합되어야 비로소 자연이고 자연은 곧 천지인이다. 어차피 이 세상은 하나의 선으로 이뤄진 것, 형에 집착할 필요가 무엇이겠나?'

순간, 태하의 신형이 산산이 부서져 내리기 시작하였다.

쨍그랑!

"어, 어어……?!"

화들짝 놀란 천하랑이 태하의 신경에 손을 가져다 대려 할 때, 그의 몸에서 엄청난 빛이 뿜어져 나오기 시작하였다.

끼이이이이잉!

천하랑은 자신도 모르게 몸을 뒤로 돌려 빛무리에서 눈을 뗐다.

"으윽!"

잠시 후, 태하는 은백색 머리에 푸른색 눈동자를 가진 새사람으로 다시 태어났다.

그의 몸에선 은빛 진기가 넘실거렸으며, 은청색 눈동자는 그 신비한 기운에 살을 보태주었다.

태하가 차분하게 가라앉은 눈으로 천태를 바라보며 말했다.

"어르신, 어르신 덕분에 제가 한 경지 뛰어넘었습니다."

"그래, 그런 것 같군. 축하하네."

"감사합니다. 모두 어르신의 은공입니다."

그는 끝도 없이 달려들고 있는 빙령의 무리를 향해 손을 뻗었다.

"퐁!"

휘리리릭, 콰앙!

한바탕 휘몰아치는 돌개바람이 빙령들을 한꺼번에 사로잡아 버렸고, 그들은 넘실대는 바람의 파도에 휘말려 똘똘 뭉쳐져 버렸다.

이제 태하가 한 번 더 장을 치면 빙령들은 가루가 되어 사라질 것이다.

하지만 그때, 태하의 한빙검이 스스로 튀어나왔다.

스르르릉, 챙!

"······?"

"검이 살아서 움직이는 것인가?"

한빙검은 자신의 검신을 지하 서고 바닥에 꽂아버렸고, 엄청난 숫자의 빙령은 무형의 실낱이 되어 검신에 흡수되기 시작하였다.

슈가가가가각!

마치 자석에 이끌리듯 빠르게 빨려들어 오는 빙령은 해일과도 같았으며, 그 기운이 갈무리되는 데엔 대략 5분 남짓 걸렸다.

가만히 그 상황을 지켜보던 태하는 남은 빙령이 모두 사라진 이후에야 검신에게 다가갈 수 있었다.

스릉!

한층 더 영롱하게 빛나는 한빙검을 바라보던 태하가 그 검신을 손으로 잡았다.

턱!

바로 그때, 한빙검의 검신이 산산조각 나면서 그 가루가 태하의 손을 타고 흘러 들어갔다.

쉬이이이익!

아주 깔끔하게 한 톨도 남기지 않고 태하의 신체로 흡수된 한빙검은 이제 형을 벗어버리고 무형경에 어울리는 검으로 거듭났다.

태하는 이제 상상만으로 모든 무기를 만들어낼 수 있는 영물을 얻게 되었다.

　그는 손을 뻗어 창을 상상하였고, 한빙검은 푸른색 장창을 만들어냈다.

　스윽!

　챙!

　"형이 사라지니 검의 한계도 함께 사라진 것이야."

　"하지만 한빙검이 사라지면 설화령 사부를 되살릴 수 없습니다. 그녀는 스스로 진석이 되어버렸으니 한빙검이 없는 한 되살아날 수 없어요."

　천태는 고개를 가로저었다.

　"아니, 자네에겐 화열검이 있잖나? 아마 진석으로서의 역할을 하는 것이라면 화열검도 한빙검에게 뒤지지는 않을 걸세."

　태하는 무릎을 쳤다.

　"아하! 그런 방법이……!"

　"아무튼 지하 서고 15층으로 어서 가보세."

　"예, 어르신."

　천태 일행은 태하를 따라서 지하 서고 가장 마지막 층으로 향했다.

＊　　　＊　　　＊

진기의 온천수가 흐르는 지하 서고 15층 안.

우우우웅!

내가진기의 장막에 가려진 설화령이 좌선한 채로 앉아 있다.

태하는 천태의 말대로 한빙검을 뽑아내고 그 자리에 화열검을 꽂아 넣었다.

챙!

잠시 후, 한빙검 대신에 자리를 잡은 화열검이 강력한 파장을 쏘아 보냈다.

퍼엉!

그 영향으로 인해 북해빙궁의 얼음은 속에 화기를 머금은 또 다른 존재로 변해갔고, 빙령들의 경지 역시 한층 더 강력해졌다.

"빙과 화, 어쩌면 상극인 두 가지의 기운이지만 그것들이 하나로 합쳐졌을 때엔 더욱 강력한 힘을 발휘하는 법이지."

"자연은 어차피 하나, 하나의 선은 한계가 없는 법이지요."

태하는 이제 설화령이 앉아 있던 자리에 한빙검을 다시 꽂아 넣었고, 설화령은 그 즉시 속박에서 벗어날 수 있었다.

끼이이잉, 팟!

"허으윽!"

"여보!"

천하랑이 진기의 장막에서 벗어난 설화령을 안아 들었다.

그녀는 남편 천하랑을 보자마자 봄눈과 같이 수려한 미소를 지었다.

"…서방님!"

"화령! 이제야 우리가 다시 만나게 되었구려!"

설화령은 이곳을 떠도는 진기의 온천수로 인해 이미 100년이라는 수명을 얻게 되었는데, 한빙검은 그런 그녀의 수명을 지속적으로 연장시켜 주는 역할을 하고 있었다.

아마 지금 당장 검의 진기가 없다고 하더라도 두 부부가 백년해로하는 데엔 큰 지장이 없을 것이다.

천하랑은 태하에게 깊이 고개를 숙였다.

"고맙네! 정말로 고맙네!"

"아닙니다. 제가 지금까지 살아 있을 수 있는 것은 전부 두 사부님의 은공이니 저에게 고개를 숙이시면 안 됩니다."

"그래도 고맙네!"

"감사해요."

남편이 고개를 숙이자 함께 고개를 숙인 설화령은 아직 아무런 영문도 모르고 있었다. 그러나 남편의 은인이라면 자신에게도 은인이니 자연적으로 고개가 숙여진 것이다.

천태는 며느리 설화령에게 이 일이 어떻게 된 것인지 설명해 주었다.

"얘야, 이것이 어떻게 된 것이냐면……."

대략 10분 후, 설화령은 진심 어린 마음으로 태하에게 인사를 건넸다.

"감사합니다, 대협. 아무리 그런 은공을 입었다고 하나 이렇게 과거를 거슬러 올라와 사람을 구한다는 것이 쉽지는 않은 일입니다. 정말 감사합니다."

"아닙니다. 모든 것은 사부님의 손에서 비롯된 일, 스스로를 구하신 것이라 생각하시면 됩니다."

"고맙습니다."

이제 북해빙궁의 일을 마무리했으니 카미엘에 대한 일을 매듭지을 차례다.

태하는 일행을 데리고 대빙전으로 향했다.

*　　　*　　　*

명화방은 아직까지 중국과 러시아에 분타가 없으니 만약 태하가 다시 남극으로 가고자 한다면 인도에서 출발하거나 다시 아라비아로 돌아가는 것이 가장 빠를 것이다.

앞으로 남은 시간을 생각하면 지금 인도로 건너가 배를 타고 다시 아라비아로 돌아가 만반의 준비를 마치는 것이 옳을 것이다.

천태는 요동에 대기 중인 명화방의 선단과 함께 당장 아라비아로 돌아가는 여정을 계획했다.

"지금 돌아간다면 기한을 맞출 수 있을 거야. 아마 서두른다면 여유 있게 도착할 수도 있겠지."

"하지만 무림맹에서 우리를 쫓고 있는데 수월하게 지나갈 수 있겠습니까?"

"그러니 중원 땅이 아닌 여진의 땅을 경유해서 내려가야지. 결국 조선에서 배를 타고 요동으로 넘어가는 그런 여정이 가장 마땅하다고 생각하네."

"흠, 그렇지만 꽤 긴 여정이 되겠군요."

"그 정도는 각오하고 있다네. 자네 역시 그렇지 않은가?"

"뭐, 그렇긴 하지요."

천태는 히우네에게 물었다.

"신녀께서도 괜찮으신가?"

"저는 태하 씨가 가는 곳이라면 어디든 갑니다. 정혼자는 영혼으로 이어진 것이니까요."

"그렇구려. 자네, 아주 대단한 아내를 얻었네그려."

태하는 쑥스럽게 뒷머리를 긁적거렸다.

"하하……."

히우네는 슬며시 태하의 손을 잡았다.

"당신과 함께라면 어디든 좋아요."

"히우네……."

태하는 자신도 모르는 사이에 히우네와 점점 더 깊은 관계가 되어가고 있다는 것을 깨달았다.

하지만 마음속 깊은 곳에선 자신의 연인이 떠오르는 태하이다.

그러나 지금은 이 순간을 함께하는 사람에게 최선을 다하는 것이 옳은 선택일 것이다.

"나 역시 그래요."

"고마워요."

"자, 이제 갑시다."

일행은 북해빙궁을 지나 러시아의 동토 지대로 향했다.

                    *   *   *

환한 빛을 받고 쓰러진 지 얼마나 오랜 시간이 지났을까?

"으음……."

목동 소녀 일레이나는 넓은 들판에 누워 쏟아지는 햇살에 눈을 떴다.

"…뭐가 어떻게 된 거지?"

깨질 것 같던 머리는 어느새 말끔하게 나아 있었으며 몸은 일전보다 훨씬 더 가뿐했다.

자리에서 벌떡 일어난 일레이나는 팔을 빙빙 돌려보았다.

붕붕붕!

"힘이 넘치네?"

원래부터 마을 최고의 왈가닥으로 통하던 일레이나이지만 오늘따라 그 씩씩함이 더 빛을 발하는 것 같다.

일레이나는 드넓은 들판을 달리기 시작했다.

파바바바밧!

"와아아아, 와하하하하!"

아마 모르는 사람이 보았다면 그냥 정신이 좀 나간 아이로 보았겠으나, 일레이나는 어려서부터 달리는 것을 좋아했다.

그녀는 힘든 일이 있을 때에도 달렸고, 기쁜 일이 있을 때에도 달렸으며, 괴로운 일이 있을 때에도 달렸다.

7년 전, 어머니를 여읜 일레이나는 장례식이 끝나자마자 유골함을 들고 미친 듯이 달렸다.

3년 후, 아버지가 생을 마감했을 때에도 그녀는 달렸다.

언제부터인가 일레이나는 달리는 것으로 인생의 모든 시름과 슬픔을 달래는 습관이 생겨 버린 것이다.

영주의 딸이던 어머니와 평민의 자식이던 아버지가 도망쳐 낳은 일레이나는 도망 노비의 자식으로 자라났다.

노예로서 살아간다는 것은 서럽고 고단하며 괴로운 일이다.

하지만 노예 생활 속에서도 가족이 함께 있으면 웃었고 괴로운 일이 있어도 가족이 함께 있으면 즐거움이 되었다.

그런 가족이 한 명, 두 명 사라져 갔을 때엔 하늘이 무너지는 것 같던 일레이나이다.

그러나 그녀는 달렸다.

숨이 턱 밑까지 차오르면 가족이 죽었다는 슬픔은 무뎌졌고, 슬픔으로 아려오는 가슴은 뜨겁게 내려앉았다.

사람들은 매일 미친 듯이 뛰어다니는 그녀를 정신이 나간 아이로 취급했지만, 그녀는 아랑곳하지 않고 달렸다.

오늘도 역시 습관처럼 들판을 내달리는 그녀이지만 어쩐 일로 숨이 차지 않는다.

"이상하네. 오늘은 왜 가슴이 아무렇지 않은 거지?"

그녀는 숨이 차서 터질 것 같을 때의 그 고통을 즐기는 소녀이다. 아니, 그 아픔으로 또 다른 아픔을 참아내는 것이 그녀의 생존 방식이었다.

하지만 오늘은 그 아픔을 잊을 만큼 가슴이 아프지 않았다.

"…시시해."

일레이나는 자신이 온 곳을 되돌아보았다.

아마 그녀가 서 있는 곳에서부터 대략 30분쯤 걸어가면 노예들이 목축하는 공동 목장이 나올 것이다.

그러나 그녀는 목장으로 돌아가지 않았다.

"싫어. 더 이상 노예로 사는 것은 싫어."

어머니는 고된 노예 생활 끝에 흑사병으로 죽었고, 아버지 역시 어머니를 간호하다가 전염되어 죽었다.

영주에게 노예는 개돼지보다 더 못한 존재이니 노예 몇 명 죽었다고 슬퍼하거나 가여워할 사람이 아니다.

그는 일레이나의 어머니와 아버지가 비명 속에 죽어갔음에도 불구하고 밤새 계집질을 하고 있었다.

아니, 그는 자신의 휘하에 있는 모든 노예가 흑사병의 틈바구니에서 죽어갈 때에도 눈 하나 깜짝하지 않았다.

제아무리 사람 목숨을 파리처럼 여기는 자일지라도 그 끔찍한 전염병의 창궐에 맞설 방법을 생각할 텐데 그는 그렇게 하지 않았다.

일레이나는 그런 주인 밑에서 평생 죽을 때까지 썩어야 한다는 것을 믿고 싶지 않았다.

그녀는 길을 떠나기로 했다.

"…혼자서 살 거야. 죽어도 혼자 죽고 살아도 혼자 산다."

일레이나는 목장을 떠나 숲으로 숨어들었다.

*　　　　*　　　　*

목장을 떠난 일레이나는 산비탈을 따라 달리고 또 달렸다.

목이 마르면 개울물을 마시고 배가 고프면 산열매를 따 먹으면서 버텼다.

도대체 얼마나 오래 달렸는지 가늠조차 할 수 없는 그녀의 여정이 아주 잠시 멈추었다.

정처 없이 산을 떠돌던 그녀는 사람이 떠난 지 꽤 오래되어 보이는 통나무집을 발견한 것이다.

휘이이잉.

제법 을씨년스러운 바람이 불어오는 이곳에 통나무집 하나가 덩그러니 놓여 있으니 좀 이상한 생각이 들기도 했다.

하지만 요즘과 같이 흉흉한 세상엔 이렇게 홀로 숲에서 사는 것도 썩 나쁘지는 않을 것 같았다.

일레이나는 통나무집의 문을 두드렸다.

똑똑.

"계세요?"

열 번이 넘게 문을 두드렸음에도 불구하고 사람은 나오지 않았다.

"정말 버리고 간 모양이야."

통나무집 문을 열고 안으로 들어선 일레이나는 먼지가 자욱한 집의 전경을 바라보았다.

적어도 10년은 사람의 손길이 닿지 않은 것 같았지만 목장

뒷간에서 살던 세월을 생각하면 눈이 휘둥그레질 정도로 좋았다.

그녀는 한껏 미소를 지었다.

"헤헤, 이 정도면 우리 가족이 편하게 잘 수 있겠다!"

본능적으로 부모님을 떠올린 그녀이지만 그 생각에 화답해줄 사람들은 이미 떠나고 없었다.

일이야 어찌 되었든 간에 그녀는 이곳을 새로운 보금자리로 맞이하기로 했다.

"그래, 주인이 돌아오면 집을 비워주면 되는 것이고, 돈을 내어놓으라면 일해서 갚지, 뭐."

그녀는 주인이 없는 집을 치우고 아늑한 보금자리로 만들기로 했다.

다음 날, 깔끔해진 통나무집에 아침이 밝아왔다.

짹짹.

새가 지저귀는 소리에 눈을 뜬 그녀는 상쾌한 아침을 맞이할 수 있었다.

"하암, 잘 잤다!"

지금껏 이렇게 편안하고 아늑한 잠자리에서 잠을 자본 적이 있나 싶을 정도로 개운했다.

그녀는 오늘 어머니가 가끔씩 해주던 영주성의 생활에서처럼 이불을 빨고 마당을 가꾸기로 했다.

집 안의 먼지는 대충 다 치웠지만 이불에서 자꾸 퀴퀴한 곰
팡이 냄새가 나서 자는 내내 머리가 아팠다.

더군다나 집 밖에 있는 마당에 풀이 무성하게 자라나서 모
기가 창문 앞으로 자꾸 들이쳐 괴로웠다.

그녀는 연신 모기에 물린 눈을 비비며 문을 열었다.

끼익.

통나무집 문을 열고 밖으로 나서려던 그녀는 뭔가 덜컹거
리는 느낌을 받았다.

"으음?"

일레이나는 발밑에 있는 작은 틈으로 손가락을 집어넣어 보
았다.

끼익, 끼익.

"이 부분이 낡아서 주저앉았나? 바닥이 주저앉기도 하나?
이상한 일이네."

겉보기엔 평평한 땅 위에 있는 것 같지만 집 아래에 꽤나
큰 공간이 있는 모양이다.

휘이이이잉!

바닥에 난 틈 사이로 바람이 불어왔는데, 지하의 청량하고
시원한 바람이다.

지금까지 살면서 지하의 공기를 맡아본 적이 없는 그녀이지

만 이 바람이 얼마나 시원한 것인지는 금방 알 것 같았다.

"궁금하네. 이 바닥에 뭐가 있는지."

그녀는 바닥 안에 무엇이 있는지 상당히 궁금했지만 아직까지 남아 있는 노예근성이 찰나의 휴식도 용납하지 않았다.

"아니야. 움직여야 해. 하루라도 빨리 자리를 잡고 생활해야지."

비록 나이는 이려도 생각이 꽉 찬 일레이나는 자신의 살길을 모색하기 위해 동분서주하였다.

*   *   *

늦은 밤, 일레이나는 등잔불 하나에 의지하여 어둠을 보내고 있었다.

끼익, 끼익.

이제 잠자리에 들어간 일레이나였지만 자꾸만 삐거덕거리는 바닥 때문에 잠을 잘 수가 없었다.

바닥에 난 작은 틈 사이로 계속 바람이 비집고 들어와 일정한 소리를 내고 있는 것이다.

그녀는 더 이상 버티지 못하고 자리에서 일어섰다.

"…젠장, 어쩔 수 없지!"

자리를 털고 일어선 그녀는 너덜너덜해진 나무를 떼어내고 낮에 해둔 나무를 조각내어 붙이기 시작했다.

뚝딱, 뚝딱!

집 안에 있던 나무망치로 나뭇조각을 바닥에 붙이려던 그녀는 미처 상상하지도 못한 일과 마주하게 되었다.

끼기기긱, 쿠웅!

"어, 어어어?!"

망치질 몇 번에 바닥이 무너져 내리면서 그녀가 낭떠러지 아래로 추락하기 시작한 것이다.

"꺄아아아악!"

한껏 비명을 지르며 몸부림을 쳤지만, 그녀의 몸은 멈출 기미도 없이 계속해서 아래로 추락했다.

하지만 바로 그때, 그녀의 몸이 허공에 우뚝 멈추어 섰다.

팟!

"어, 어라?"

마치 그녀의 몸을 누군가 잡아준다는 느낌이 들었다. 아니, 어쩌면 거미줄에 매달려 있는 거미와 같은 느낌인지도 모른다.

그녀는 허공을 손으로 잡고 천천히 올라가기 시작했다.

턱, 턱, 턱!

"오, 올라간다! 주, 죽지 않았어!"

허공에 붕 뜬 상태로 벽을 탈 수 있다는 것은 지금까지 살면서 처음으로 알게 된 사실이다.

일레이나는 기쁜 마음으로 다시 땅을 밟을 수 있었다.

"휴우, 살았네! 하마터면 죽을 뻔했잖아?!"

십년감수했다는 마음으로 땅 위로 올라온 그녀는 안도의 한숨을 내쉬었다. 하지만 한편으론 저 아래에 뭐가 있는지 너무 궁금해 미쳐 버릴 것만 같았다.

"한 번만 더?"

그녀는 끝도 없는 어둠 속으로 들어가기 위해 등잔불을 들고 거대한 구멍 앞에 섰다.

휘이이이잉!

"차가운 바람이야. 저 아래엔 분명 뭔가 대단한 것이 있을 거야."

일레이나는 거침없이 구멍 안으로 몸을 던졌다.

펄럭!

하지만 이번에는 그녀의 몸이 정처 없이 떨어져 내리는 것이 아니라 그녀의 뜻에 따라 아주 천천히 아래로 내려갔다.

구멍 안으로 들어가 아래로 내려가는 동안 그녀는 이 안에 과연 무엇이 있는지 관찰해 보았다.

구멍 안은 직경 15미터의 작은 원통으로 되어 있었는데, 원통의 벽에는 도무지 그 뜻을 알 수 없는 괴기한 글자들이 적혀 있었다.

"…이게 뭐야?"

뭔가 대단한 뜻이 있는 것 같기는 하지만 꼬부랑글씨는 전혀 눈에 익지 않은 그녀로선 도무지 해석을 할 수 없었다.

아니, 만약 그녀가 글을 제대로 익혔다고 해도 이런 요상한 글씨는 해석할 수 없었을 것이다.

잠시 후, 그녀는 드디어 원통의 바닥에 안착하였다.

쿵!

그녀가 원통 바닥에 안착하자마자 바닥에 있던 작은 홈에 발이 끼어버렸다.

위이이이이잉!

"어, 어어?!"

일레이나의 발이 홈에 끼어버리자 원통의 바닥에 넓게 펼쳐지면서 순식간에 주변의 경관이 바뀌어 버렸다.

팟!

눈 깜빡할 사이에 바뀌어 버린 이곳은 노란색 양탄자와 황색 벽지로 도배가 된 호화로운 방이었다.

일레이나는 혹시나 귀족이 무슨 요상한 술법을 부린 것은 아닌지 하여 당장 바닥에 납작 엎드렸다.

"죄, 죄송합니다요! 목숨만 살려주십시오!"

연신 고개를 조아리는 그녀에게 돌아오는 것은 그저 적막함뿐이다.

그제야 고개를 든 그녀는 정말 아무도 없는 것인지 자리에서 일어나 방 안을 둘러보았다.

세상의 진귀한 물건은 다 가져다 놓은 듯 방 안에는 휘황찬란한 보석이 가득 찼고, 벽장 안에는 정체를 알 수 없는 책이 줄을 지어 늘어서 있었다.

"…이게 다 뭐야?"

아무리 좋은 책과 보석을 가져다 놓는다고 해도 평생 바깥 생활이라곤 해본 적이 없는 그녀가 가치를 알아볼 수 있을 리는 만무했다.

다만 이 고급스러운 방에 놓인 물건이 예사롭지 않다는 것쯤은 본능적으로 느낄 수 있었다.

그녀는 자신의 바로 앞에 놓인 책자를 바라보았다.

"이건 또 뭐야? 책이 금으로 되어 있네?"

태어나 단 한 번도 본 적이 없었던 황금은 아마도 그녀가 죽을 때까지 잊지 못할 것이다.

그런 고귀한 황금으로 책을 만들다니, 그녀는 이 책의 주인은 마빡에 돈이 튀어 살 수 없을 정도로 부자일 것이라고 생각했다.

그녀는 호기심에 책장을 넘겼다.

끼이이이잉!

"으윽!"

책장을 넘기자마자 머리가 다시 깨질 듯이 아파왔다.

"아, 아파……!"

머리를 부여잡고 몸부림을 치던 그녀는 어느 순간부터인가 다시 차분해지기 시작했다.

그녀의 머리에는 이 세상의 모든 지식이 빠르게 각인되었고, 심지어 이곳의 지식이 아닌 다른 세상의 지식도 고스란히 쌓여갔다.

약 10분 후, 그녀는 전혀 다른 사람이 되어 있었다.

"…세상으로 나가야 해."

그녀는 다시 발판에 올라 지상으로 나아갔고, 그때 그녀의 얼굴에서는 푸른색 오라가 피어나고 있었다.

신비로움으로 가득 찬 그녀의 눈동자는 산비탈 너머의 도시를 향하였다.

"내가 있을 곳은 저곳이다."

일레이나는 거침없이 발걸음을 옮겼다.

3. 남극으로

　요동반도에서 인도로 돌아가는 길, 날씨가 썩 좋지가 못하다.

　우르르릉, 콰앙!

　중국으로 올 때만 해도 풍랑을 만나는 일이 드물었는데 막상 겨울이 다가오자 꽤 큰 풍랑이 일행의 앞을 가로막고 있었다.

　천태는 장사를 하는 사람으로서 이러한 풍랑을 꽤 많이 만나보았다.

　"유난히 날이 따뜻한 해가 있어. 그럴 때엔 가을과 겨울 사이에 태풍이 불기도 하지."

"그렇다면 우리가 돌아가는 길목에 태풍이 올 수도 있다는 겁니까?"

"뭐, 재수가 없다면 그럴 수도 있겠지."

태하는 벌써 나흘째 몰아치는 빗줄기를 맞으며 인도로 향하는 뱃길에 서 있었다.

아마 풍랑이 잦아들지 않는다면 동남아에 배를 잠시 정박하고 인도로 가는 것은 며칠 미뤄야 할지도 모른다.

그러나 천태는 이 정도 풍랑으로 배가 뒤집히지 않는다는 사실을 잘 알고 있었다.

"우리에겐 꽤 유능한 조타수가 있어. 이런 풍랑쯤은 대수롭지 않게 넘어갈 수 있을 걸세."

"다행이군요."

동력 장치가 없는 목선의 경우엔 조타수와 갑판장의 역량에 따라서 배의 속력이 결정되는 경우가 많았다.

또한 노련한 갑판장과 조타수가 만나면 어지간한 풍랑 정도는 돌파할 수 있었다.

명화방에는 인재가 많다.

이것은 천태가 지금까지 꽤 많은 자선사업을 벌여오면서 얻은 수확인데, 고아원에서 길러진 청년들이 명화방으로 다시 되돌아오며 방은 한껏 힘을 받는다.

이 세상의 그 어떤 조직도 인재 없이는 성장할 수 없으며, 그들이 갖는 애착이 얼마나 깊은가에 따라서 앞으로 얼마나 발전할 수 있느냐가 결정된다.

그런 면에서 볼 때 명화원 출신 인재들은 자신을 먹이고 입혀준 방이 고향이고 부모이니 당연히 조직에 대한 애착이 있을 수밖에 없었다.

명화방이 먼 훗날에 명화그룹으로 발전하여 수많은 공을 세우고 인류의 평화에 이바지할 수 있던 것도 모두 다 명화원 덕분이다.

방은 자신들이 벌어들인 수익의 일부분을 명화원에 기부하여 상생을 꾀하였으니 그것은 어찌 보면 인재에 대한 투자인지도 모른다.

또한 명화원에서 자라난 인재들이 다시 명화방으로 돌아오지 않더라도 그들이 전 세계로 퍼져 나가 각계각층의 인맥을 만들어낸다.

이러한 인맥은 명화방이 전 세계 이곳저곳을 누비고 다니는 데 결정적인 역할을 하였다.

일등항해사는 천태에게 방의 인맥들이 살아가는 치외법권 지역에서 며칠 묵고 가는 것을 제안하였다.

"카이드란 군도에서 며칠 쉬면서 배를 정비하는 것이 어떠십니까?"

"여기서 카이드란까진 얼마나 걸리지?"

"배로 일주일입니다."

"좋아, 그곳에서 며칠 쉬면서 배를 정비하고 휴식을 취하도록 하지. 지금까지 제대로 된 휴식을 취하지 못했으니 말이다."

"예, 알겠습니다."

카이드란 군도는 술루해 서부 지역에 위치해 있는데, 원래는 해적들의 소굴이던 군도를 명화방의 고수들이 정벌하여 사유지로 개척하였다.

이곳에는 사람 6,000명이 숙박할 수 있는 거처가 있고 각종 상점과 명화방의 창고 등이 자리 잡고 있다.

천태는 이곳을 개척하는 데 방의 1년 수익을 모두 다 쏟아부었는데, 이곳이 명화방의 전초기지 역할을 하여 동남아시아로 진출할 수 있었다.

지금은 문명화 개혁과 2차 세계대전 등을 거치면서 섬 전체가 국유화되었지만 18세기까지만 해도 이곳은 명화방의 땅이었다.

이곳이 사유지에서 국유지로 변한 것은 명화방의 분타가 동남아시아 깊숙한 곳까지 퍼졌기 때문이다.

굳이 위험한 군도에 사유지를 세워 창고를 지을 필요가 없으니 자연스레 군도는 잊혀 버린 것이다.

태하는 사람들의 기억 속에서 잊힌 카이드란 군도로 향했다.

*   *   *

카이드란 군도는 세계 각지에서 몰려든 상인들로 문전성시를 이루고 있었다.

남중국해와 타이만, 술루해역 중간에 위치한 이곳 카이드란 군도는 행상을 하는 아라비아 상인들로부터 큰 인기를 끌었다.

아라비아에서 중국으로 가는 길목에서 잠시 휴식을 취하자면 동남아 해적들의 위협을 감수해야 하는데, 카이드란 군도는 그러한 위험이 전혀 없었기 때문이다.

천태의 수완으로 마련된 화포와 석궁 등이 이곳을 둘러싸고 있어서 어지간한 군대도 카이드란 군도를 접수하지는 못한다.

제아무리 동남아 해적들의 악명이 천지를 진동시킨다고 해도 이곳을 뚫고 들어오는 일은 일어날 수가 없었다.

배에서 쏘는 화포와 성벽에서 쏘는 화포의 위력은 천지 차이였으며, 정규군이 받는 훈련을 받아본 적이 없는 해적들이 공성전에서 승리할 수 있는 확률은 극히 적었다.

더군다나 이곳 섬을 지키는 자들은 최소한 화경 이상의 고수들과 그 부하들이기 때문에 무력에서도 월등히 앞선다고 볼 수 있었다.

태하는 카이드란 중앙 지역에 배를 정박시키고 숙소에 행낭을 풀었다.

배는 험한 바다를 부유하는 물건이기 때문에 자주 고장이 나거나 부식되어 허물어지는 곳이 많았다.

만약 주기적으로 배를 관리하지 않으면 바다 위에서 배가 침몰하여 선원 모두가 몰살당하는 불상사가 일어나게 될 것이다.

천태는 지금까지 여행하면서 제대로 된 정비를 받아본 적이 없는 배를 정비공에게 맡겼다.

정비공들은 배의 상태를 확인한 후 보름이라는 시간을 달라고 요구했다.

"배 두 척 모두 상태가 좋지 않습니다. 그나마 바닥에 구멍이 뚫리지 않은 것이 용할 지경입니다."

"그럴 수밖에. 지금까지 단 한 번도 쉬지 않고 항해했으니 말이야. 그나마 잠시 정박시켜 놓을 때도 긴급 출항에 대비하느라 배에 손을 대지 못했어."

"그래 보입니다. 아무튼 배를 수리하는 데 보름을 달라고 말씀드린 것은 저희들도 두 세 시간씩은 잠을 자야 일을 할 수 있기 때문입니다."

"너무 서두를 것 없어. 튼튼하게 수리해 주게."

"예, 방주님."

태하는 천태와 함께 정비소를 나와 중앙 지역에 형성된 시장으로 향했다.

웅성, 웅성.

이곳은 소형 선박으로 싣고 온 각 지역의 특산물을 보부상들이 행상으로 파는 시장인데, 물건값이 조금 비싼 대신에 종류가 다양해서 구경하는 맛이 있었다.

천태는 시장에 대해서 설명하였다.

"이곳에선 구할 수 없는 물건이 없어. 아시아와 아프리카, 유라시아의 물건이 이곳으로 전부 다 모이거든."

"흐음, 그렇군요."

"우리 명화방의 보부상들도 자신들이 쉽게 구할 수 없는 물건은 이곳에서 구해가기도 한다네. 어떤 사람은 일부러 이곳까지 행상을 와서 진귀한 물건들을 감별해서 막대한 이문을 남기기도 하지."

"참으로 흥미로운 곳이군요. 이를테면 만물 시장 같은 느낌일까요?"

"뭐, 그렇다고 볼 수 있지. 없는 것이 없으니까."

시장에는 진귀한 식자재부터 약재, 서적, 무기, 의복, 귀금속까지 정말 없는 것이 하나도 없었다.

태하는 이 중에서 쓸 만한 물건이 있는지 찾아보기로 했다.

"한 일주일 푹 쉬었다가 출발하실 것이라면 이곳을 좀 둘러 봐도 되겠습니까?"

"그렇게 하게. 숙소의 열쇠를 가지고 있다가 날이 저물면 돌아와 쉬게. 술이 고프면 마시고 들어오고."

"예, 어르신."

천태는 태하에게 금화 주머니를 하나 건넸다.

"사고 싶은 것이 있으면 사게."

"아, 아닙니다. 저는 그냥……."

"우리 아들을 살려준 사람인데 돈이 대수인가? 이 늙은 장사꾼에게 남는 것이라곤 돈밖에 없어. 그러니 마음껏 쓰고 모자라면 말하게."

"그래도 이렇게 큰돈을 마구 쓰고 다닐 수는 없지요."

한사코 돈을 거절하는 태하에게 천태가 묘수를 던졌다.

"은인을 대접하는 일은 우리 명화방에겐 목숨과도 같은 것일세. 만약 자네가 돈을 마다한다면 내가 목숨을 끊는 수밖에."

"어, 어르신……."

"허허, 농일세. 하지만 돈은 받게. 이제 살날도 얼마 안 남은 이 늙은이의 손을 부끄럽게 만들지 말고 말이야."

태하는 어쩔 수 없이 돈을 받았다.

"감사히 쓰겠습니다."

"내가 돈을 준 것은 자네가 그만한 안목이 있다고 믿기 때문일세. 오늘은 그 금화가 아깝지 않은 소비를 할 것이라고 믿어 의심치 않겠네."

"예, 어르신."

태하는 히우네를 데리고 시장 구경에 나서기로 했다.

*　　　　*　　　　*

이제 막 정오가 지난 시각, 태하는 히우네와 함께 만물 시장을 돌아보고 있었다.

웅성, 웅성.

지금까지 이렇게 많은 사람들이 물건을 사고파는 것을 한 번도 본 적이 없는 히우네는 눈이 휘둥그레져 있었다.

그것은 태하 역시 마찬가지여서 두 사람은 정신을 차릴 수가 없었다.

전 세계 각지에서 몰려든 상인들은 물건뿐만이 아니라 신기하게 생긴 새와 동물도 꽤 많이 가지고 있었다.

그중에서도 히우네는 기린에 많은 관심을 보였다.

"목이 참 기네요."

"기린이라는 동물입니다. 무리 생활을 하죠. 풀을 먹고 사니 먹이를 준다면 받아먹을 수도 있겠네요."

"이, 이렇게 큰 동물이 풀을 뜯어 먹고 산다고요?"

"그럼요. 이놈보다 더 무지막지한 놈도 풀을 먹고사는데요."

태하는 손가락으로 저 멀리 보이는 수컷 코끼리를 가리켰다.

"보이죠? 서 엄청난 넝치의 동물 발입니다."

"아아, 코가 길고 귀가 큰 동물 말인가요?"

"네, 맞아요. 저놈은 코끼리라고 하는데, 엄청난 양의 풀을 먹어치웁니다. 저 덩치를 유지하자면 꽤 많이 먹어야겠지요?"

"우와, 그러게 말이에요! 세상에나, 저런 어마어마한 괴물이 다 있었다니……."

"하하, 뻔히 듣고 있는데 너무 그러지 마세요. 듣는 괴물 기분 나쁘겠습니다."

어려서부터 세계 각지를 돌아다닌 태하이기에 별의별 동물과 식물을 다 보면서 자랐다.

하지만 이곳에는 정말 상상조차 하지 못한 것들이 즐비하였다.

이곳에는 전설로만 전해져 내려오는 약재와 그것들로 만든 술이 꽤 많았다.

"백년설삼을 먹고 자란 백사입니다! 만져보고 가세요!"

특히나 눈이 보라색인 백사의 몸에선 어지간한 화경의 고수와 맞먹는 엄청난 진기가 뿜겨져 나오고 있었다.

도대체 저런 물건을 어디서 구해온 것인지는 모르겠으나 뱀의 내단을 섭취하면 일순간에 고수가 될 수도 있을 것 같았다.

그 밖에도 공청석유를 만 배 희석시킨 술이나 천 년 묵은 은행나무 뿌리로 만든 담금주같이 특이한 약재들도 있었다.

한참을 구경하면서 시장을 돌아다니던 태하는 히우네에게 잘 어울릴 만한 드레스를 발견하였다.

지금까지 변변찮은 옷도 제대로 못 입고 다닌 그녀가 안쓰럽던 태하는 평상복으로도 입을 수 있을 만한 드레스를 골랐다.

"드레스 한 벌에 얼마나 합니까?"

"은화 네 닢만 주세요."

태하는 값을 치르고 히우네에게 그것을 내밀었다.

"저곳에 탈의실이 있으니 한번 입어봐요."

"이, 이건……."

"잘 어울릴 겁니다. 한번 입어봐요."

"고마워요."

그녀가 옷을 입으러 간 사이, 태하는 그녀의 목과 손가락을 채워줄 목걸이와 반지를 골랐다.

히우네의 생일이 정확히 언제인지 몰라서 그녀의 피부색과 잘 어울리는 사파이어가 박힌 반지와 목걸이를 골랐다.

태하는 보부상에게 물건값을 흥정하기로 했다.

"이 두 가지 물건을 얼마에 주실 수 있습니까?"

"금자 두 냥만 줘요."

"으음, 조금 비싼 것 같기도 한데?"

"요즘 세상에 누가 사파이어와 같은 보석으로 바가지를 씌웁니까? 이 정도면 싼 건데요?"

"그래도 비싼 것 같네요."

"에이, 참, 까다로운 청년이네. 뭐, 좋습니다. 그럼 두 개를 금자 두 냥에 드리는 대신 좋은 물건을 하나 드리지요."

"좋은 물건이요?"

"은 세공품인데, 피앙세에게 주는 선물로는 아주 딱이죠."

그가 건넨 물건은 팔찌였는데, 사랑을 상징하는 천사 두 명이 서로 사랑을 나누는 장면이 새겨져 있었다.

그런데 이 은 세공품에 나온 두 명의 천사를 그려놓은 솜씨가 가히 사람의 솜씨라곤 믿겨지지 않을 정도로 정교했다.

"유럽의 대장장이 중에서도 예술에 조예가 깊은 사람이 4년 동안 심혈을 기울여서 만든 물건입니다."

"대단한 물건이군요. 그런데 이런 물건을 덤으로 주신다고요?"

"딱히 찾는 사람이 없어서 못 팔고 있었거든요. 물건이 좋기는 한데 금이 아니라 은으로 만들어서 인기가 별로 없어요. 요즘 유행에 맞지 않는다나 뭐라나."

"아아, 요즘은 금이 유행입니까?"

"흑사병이 돌고 난 후 유럽에선 금이 유행인가 봐요. 금붙이를 몸에 지니고 죽으면 저승에 가서 그것을 노잣돈으로 쓸 수 있다나? 아무튼 그래요."

장사꾼의 말이야 절반은 거짓말이라고 하지만 그래도 물건이 너무나 마음에 들어 태하는 값을 지불하기로 마음먹었다.

"주십시오. 사겠습니다."

"그래요. 잘 생각한 겁니다. 오늘 내가 고향 생각이 간절해서 장사를 빨리 접었기에 망정이지, 그렇지 않았다면 이 가격에 이런 물건은 결코 살 수 없었을 겁니다. 평소와 같았으면 어림도 없어요."

"하하, 그래요. 고맙습니다."

이런 말로 장사하는 사람에게 진품을 샀는지 아닌지 알 수 있는 방법은 없지만 태하는 이미 무형경에 이른 사람이었다.

자연경에 오를 때부터 세상의 모든 사물에 대한 본질을 꿰뚫는 눈이 생겨 보석쯤은 감별할 수 있게 된 것이다.

그는 세 가지 모두 진품임을 알았기에 거래를 한 것이지, 그렇지 않았다면 결코 거래하지 않았을 것이다.

잠시 후, 옷을 갈아입은 히우네가 쭈뼛쭈뼛 걸어왔다.

"어, 어때요?"

태하는 그녀를 바라보자마자 환하게 미소를 지었다.

"예뻐요. 아주 잘 어울립니다. 이 옷은 원래 처음부터 당신을 위해 만들어졌나 봅니다."

"…그래요? 다행이네요. 저같이 모자란 여자가 이런 옷을 입어서 추하지 않을까 걱정했어요."

"그런 소리 하지 말아요. 당신보다 아름다운 여자를 찾아보는 것은 생각보다 더 어려운 일이라고요."

"고마워요."

그녀를 한껏 칭찬해 준 태하는 목걸이와 반지를 건넸다.

"우리가 언약식을 했지만 변변찮은 보석 하나 주지 못한 것이 마음에 걸렸습니다. 그래서 샀어요."

"어머나! 아름답네요!"

태하는 그녀에게 목걸이와 반지를 건넨 후에 반으로 갈라지는 천사 팔찌를 히우네에게 채워주었다.

"두 개를 하나로 모으면 작품이 완성됩니다. 우리 두 사람이 언약을 맺었다는 증거가 될 수 있겠지요."

히우네는 감격스러운 표정으로 태하를 와락 끌어안았다.

"멋져요!"

"하하, 그렇게 좋아요?"

"네!"

소박한 아름다움을 지닌 여자라는 것쯤은 이미 알고 있었지만 생각보다 더 순수한 것 같아 한층 더 아름다워 보이는 히우네였다.

태하는 그녀를 데리고 계속해서 시장을 둘러보기로 했다.

*　　　　*　　　　*

카이드란 군도에서 15일간 머문 태하는 곧장 짐을 싸서 인도로 향했다.

한차례 육지에서의 환적이 이뤄진 이후에 뱅골만에 안착할 수 있었는데, 이 과정에서 일주일이 소모되었다.

다소 시간이 걸리기는 했지만 명화방의 거미줄 같은 조직력 덕분에 불편함을 느끼지는 못했다.

뱅골만을 넘어 인도에 안착한 천태는 이곳에서 한차례 물자를 보급한 후 다시 아라비아반도로 돌아왔다.

아라비아반도에선 천태가 돌아온다는 소식을 듣고 이미 남극으로 떠날 준비를 마친 상태였다.

대용량의 물자를 선적할 수 있으며 역풍을 뚫고 갈 수 있는 삼각돛과 충각까지 갖추고 있어 남극까지 가는 데 문제가 없는 상선이 이번 항해의 이동 수단으로 낙점되었다.

남극으로 가는 인원은 항해에 필요한 최소한의 인원이며 물자는 사람이 먹고 마실 수 있는 것들로만 채워졌다.

그 밖에 물자를 몇 번이라도 재보급할 수 있는 넉넉한 금자와 은화가 준비되어 있었다.

천태는 아라비아를 떠나 아프리카를 경유하여 곧장 남극으로 가는 길을 선택하였다.

항해를 떠나기 전날 천태는 태하와 함께 마지막으로 일정을 조율하였다.

"아프리카 사막에도 우리 명화방의 분타가 있네. 그곳에서 귀금속을 구매해서 유럽과 아시아에 수출하는 역할을 하지. 물자를 최대한 많이 보급하자면 남부에서 재출발하는 것이 좋겠지."

"으음, 물자가 부족하지는 않을까요?"

"우리가 그곳까지 가는 데 얼마가 걸릴 지는 알 수 없지만 물자는 충분할 거야. 다만 그 넓은 혹한의 대륙에서 얼마나 버틸 수 있을지가 관건이겠지?"

"그렇군요."

"나머지는 신께서 알아서 하실 일이야. 우리 일등항해사는 혹한의 대륙에서도 한 달 넘게 살아남은 사람이니 아마 선원들이 얼어 죽는 일은 없을 걸세. 그를 최후의 보루라고 생각하게."

"그렇다면 다행이군요."

제아무리 혹한 지대에서 살아남은 태하라고 해도 이렇게 많은 인원을 먹여 살릴 능력은 없었다.

태하는 앞으로 명화방의 식구들이 최대한 선방을 해주길 바랄 뿐이다.

"자, 그럼 충분히 자두자고. 얼마나 고단한 여정이 될지 모르니."

"예, 어르신."

두 사람은 내일의 여정을 위해 충분한 휴식을 취하기로 했다.

다음 날, 명화방의 상선이 아라비아를 출발하여 아프리카로 향하였다.

아프리카에서도 두 번의 물자 재보급이 있을 것이며, 선원들의 상태도 최상으로 유지되어야 할 것이다.

명화방은 아프리카에서 총 두 번의 정박을 하고 각각 나흘간의 휴식을 취하며, 그동안 고쳐야 할 부분은 고치고 모자란 부분은 채워서 혹한에 대비할 것이다.

천태는 아프리카에서 추위에 버틸 수 있는 동물의 가죽을 최대한 많이 구비하여 지금 가지고 있는 방한복을 수선할 수 있도록 준비할 예정이다.

이제 태하는 그를 따라서 남극으로 떠나기만 하면 되는 것이다.

쏴아아아!

짭짤하고도 뜨거운 바람이 불어오는 모잠비크 해협을 지나 아프리카 남부로 향하는 길, 명화방은 이미 한 번의 휴식을 취했다.

이제 남부에서 한차례의 물자만 재보급하면 남극으로 직행하는 것이다.

명화방 아프리카 남부 지부에 도착한 천태는 행낭을 풀지 않고 명화방의 숙소에서 잠시 휴식을 취하기로 했다.

이른 아침부터 부족한 물자를 확인하러 온 보급 관리 제이스틴이 태하에게 인사를 건넸다.

"안녕하십니까? 그 유명한 김태하 대협이 맞으시지요?"

"대협까진 아니고 그냥 검을 좀 쓰는 김태하입니다."

"하하, 겸손하시군요. 천하랑 도련님을 구해주신 것으로 압니다. 그분은 우리 방의 자랑이셨으니 우리에겐 당신이 은인이나 마찬가지입니다."

"과찬이십니다."

제이스틴은 물자를 보급하면서 남극에서 들려오는 소식에 대해 전하였다.

"최근 혹한 지대에서 이상한 현상이 많이 목격되었답니다."

"이상한 현상이요?"

"이곳에서 출발하는 포경선들이 말하길, 혹한 지대에서 때 아닌 봄바람이 분답니다."

"봄바람이 분다고요? 아직 시기적으론 겨울인데요?"

"그러게 말입니다. 혹한 지대라고 사시사철 추운 것은 아니지만 이렇게 따사로운 햇살이 비추는 계절은 따로 있습니다. 그런데 봄바람이라니 뭔가 좀 이상하긴 하지요."

태하는 그에게 좀 더 자세한 얘기를 듣고 싶어졌다.

"봄바람이 불어오는 지역이 정확히 어디랍니까?"

"이곳에서 남쪽으로 쭉 내려가다 보면 작은 섬이 하나 나옵니다. 그 섬에서 바라보면 눈으로 확연히 보일 정도로 좁은 구간에 봄바람이 비추고 있답니다. 마치 태풍의 눈처럼요."

"흐음, 그래요?"

"아무튼 그곳을 따라가다 보면 뭔가 따사로운 풍경이 펼쳐질 것이라곤 하던데, 저도 가보진 않아서 잘 모르겠습니다."

"유독 한 지점만 햇살이 비춘다."

"뭐, 소문은 소문이니 전부 다 믿지는 마십시오. 어디까지나 경험에 의한 사실이 아니면 죽음을 자처할 수도 있으니까요."

"말씀 고맙습니다."

태하는 시간을 표기하는 마정석을 꺼내어보았다.

'2년 남았군.'

마정석에 표기된 시간은 앞으로 2년, 이제 슬슬 차원의 틈이 폭주하기 시작할 시점이다.

그는 앞으로 남은 시간이 얼마 없다는 것을 절감하였다.

'서둘러야 한다.'

태하는 다시 한 번 심기일전했다.

＊　　　＊　　　＊

나흘 후, 남아프리카에서 출발한 배가 남극으로 향하고 있다.

쏴아아아아!

이제 꽤나 매서운 바닷바람이 태하와 명화방의 선원들을 압박하고 있었다.

"길을 제대로 찾은 모양이군."

"이곳으로 내려가다 보면 작은 섬이 하나 있다고 들었습니다."

"아마 석 달쯤 항해를 하다 보면 갈매기들이 한참 늘어선 섬이 보일 게야. 그 섬에서 잠시 쉬어간다면 선원들에겐 아주 큰 힘이 되겠지."

"쉬어갈 곳이 있겠습니까?"

"포경선들이 가끔 쉬어가는 곳이니 돈만 주면 물자를 보급해 주기도 한다네. 사람이 쉴 만한 오두막도 몇 채 있고."

"다행이군요."

확실히 정보력이 발달해 있으니 혼자서 여행하던 것과 비교했을 때 훨씬 더 수월해진 것이 느껴진다.

태하는 명화방을 일찍 만난 것이 천운이라고 생각했다.

항해 두 달째, 바람이 거칠어져 선원들의 얼굴이 한껏 상기되어 있다.

유럽은 이제 슬슬 봄바람이 불어와 사람이 살기 좋은 계절로 향하고 있었지만 남극은 점점 혹한으로 향하는 중이다.

점점 추워지는 날씨 탓에 선원들의 기분도 급격히 감하되어 가고 있었다.

"이제 한 달만 더 가면 되겠어. 지금 이 시점에서 슬슬 추워진다는 것은 포경을 하기 좋은 지역이라는 뜻이거든. 아마 포경선들이 꽤 많이 돌아다니고 있을지도 모르겠군."

"어쩌면 그들에게서 단서를 얻을 수도 있겠군요."

"그럴지도 모르지. 포경선은 사람을 만나기 힘드니 아마 우리를 보면 기꺼이 대화에 응해줄 거야."

두 사람이 대화를 나누고 있을 때, 하늘에서 불현듯 유성우가 비처럼 쏟아지기 시작했다.

쿠구구구구궁!

슈우웅!

"어, 어어……?!"

"유성우가 실제로 떨어져 내리는군!"

대기권을 통과하면서 다 타버리지 못한 유성이 떨어져 내리면서 주변에 거대한 소음까지 만들어냈다.

그리고 잠시 후, 그것은 남쪽 해안선 너머로 날아가 자취를 감추었다.

"지금껏 태어나 유성이 바닥에 떨어져 내리는 것은 난생처음 보는군. 아주 오래전에 유성우에서 캐낸 만년한철이 있다는 전래 동화는 언뜻 들어본 적이 있지만 실제 유성우는 처음이야."

"저도 그렇습니다. 이런 현상이 괴기하다고 해야 할까요, 아니면 신기하다고 해야 할까요?"

"그러게 말일세. 나도 쉽게 단정을 못 짓겠어."

한차례 이상 현상이 생긴 후 태하의 눈에 다시 한 번 이채로운 광경이 펼쳐졌다.

쿠그그그그!

하늘에서 밝은 빛이 내려오더니 이내 거대한 소용돌이로 변하여 남쪽으로 길게 꼬리를 내리기 시작하였다.

그리고 그 빛의 소용돌이는 주변에 온기를 뿌리며 단단하게 자리를 잡았다.

쇄아아아아!

소용돌이가 내뿜는 온기가 태하가 있는 바다까지 전해져
왔고, 선원들은 오랜만에 만나는 봄바람에 미소를 지었다.

"이야, 살다 보니 별일이 다 있네?"

"그러게 말이야. 운이 좋다고 해야 하나?"

바람이 불어와서 역풍이 불기는 했지만 삼각돛으로도 충분
히 돌파가 가능한 정도였다.

태하는 이 모든 것이 차원의 틈이 벌어지면서 생긴 현상이
라고 생각했다.

'틈에 점점 균열이 생기고 있는 것이다. 이제 곧 카미엘이
이곳으로 넘어오겠어.'

그는 자신의 품속에 잘 갈무리하고 있던 마정석을 손으로
꽉 쥐었다.

이것으로 카미엘의 기억을 봉인시키고 또 다른 기억을 심어
운명을 바꾸기만 하면 태하의 임무는 끝이 난다.

아마 그때쯤이면 세계선이 바뀌어 지금의 태하는 사라지고
미래의 태하만 남게 될 것이다.

그는 자신의 손을 잡고 있는 히우네를 바라보았다.

'언젠가는 이별을 해야 할지도 모르겠군.'

히우네는 태하와 출생 연대가 아예 다른 사람이니 미래로

돌아간다면 그 흔적조차 찾기 힘들지도 모른다.

태하는 그때를 애써 잊어보려 히우네의 손을 더 꽉 잡았다.

그녀는 손을 꽉 잡는 태하에게 미소를 지었다.

"무슨 고민 있어요?"

"저에게 고민이 있는 것 같습니까?"

"당신은 무슨 고민이 있을 때마다 무심결에 하는 행동이 몇 개 있어요. 입술을 깨문다던지 손에 힘을 잔뜩 준다던지 뭐 그런 것들이요."

"하하, 당신은 나보다 나를 더 잘 아는군요."

"사람은 자신이 좋아하는 곳에 큰 관심을 쏟는 법이죠. 이제 나에게 남은 것은 당신뿐이니 잘 알 수밖에요."

"…그래요?"

만약 할 수만 있다면 그녀를 데리고 평생 함께하고 싶다는 생각이 드는 태하이다.

*　　　*　　　*

한 달 후, 명화방의 배가 포경선들의 쉼터인 디키터 섬에 정박하였다.

디키터 섬은 제주도 면적의 절반에 달하는 섬인데, 대부분은 바위 지대이고 사람이 지낼 만한 곳은 북부의 작은 수풀 지대뿐이다.

하지만 북부 수풀 지대의 크기만 해도 포경선 수백 척이 정 박할 수 있어서 사람이 지내는 데엔 큰 문제가 없다.

다만 이곳까지 물자를 운반하기가 힘들어서 아무리 돈을 많이 준다고 해도 물자를 보급하는 것은 무리가 있었다.

그러나 물자를 보급하는 것은 힘들어도 식당에서 돈을 주 고 음식을 사먹거나 숙박을 하는 것은 가능했다.

디키터 섬에는 수백 척의 배가 정박할 수 있지만 평소에 그 렇게 많은 배가 정박해 있지는 않는다.

때문에 디키터 섬을 지키는 사람은 여관 주인 열 명과 식당 주인 세 명이 전부다.

명화방은 디카터 섬에서 가장 즐겨 먹는 고래 요리로 상이 차려진 식탁 위에 앉았다.

식당 주인은 오랜만에 찾아온 손님에게 최근 몇 달 사이 이 곳에서 벌어진 이상 현상에 대해 수다를 풀어놓았다.

"내가 이곳에서 지낸 지 이제 50년이 넘어가는데, 그렇게 많은 유성우를 본 것은 처음이야."

"유성우가 타지 않고 떨어져 내리던데 이곳에서도 보였습니 까?"

"보기만 했을까? 우리 마을에도 하나가 떨어져서 아주 난리 가 났었지."

"피해는 없었습니까?"

"불길은 그렇게 커도 막상 돌덩이는 그리 크지 않더군. 마을에 피해는 전혀 없었어."

"으음, 그렇군요. 다행입니다."

"불안하긴 했어도 볼 만한 광경이었지."

태하는 창문 너머로 보이는 회오리바람을 가리키며 말했다.

"저것에서 뭔가 이상한 것이 나타나지는 않았습니까?"

"그런 것은 없었어. 오히려 따뜻한 바람이 불어와 살기 좋아졌어. 정말 이 정도만 되어도 살 만하겠어. 이제 곧 겨울인데 이렇게 따뜻하다니, 큰 감동까지 밀려올 지경이라니까."

태하는 아마 저곳이 차원의 틈 입구가 아닐까 생각했다.

'잘되었다. 오히려 우리가 저곳을 찾아갈 수 있게 인도를 해 준 셈이 되었군.'

차가워야 할 곳이 따뜻해지면 어떤 재앙이 일어나는지 잘 알고 있는 태하이지만 지금의 이 일시적인 봄바람은 일행을 안전하게 인도해 줄 것이다.

*　　　*　　　*

디키터 섬을 떠나 새로운 여정을 시작한 명화방은 따뜻한 바람이 불어오는 남쪽으로 계속해서 항해를 거듭하였다.

휘이이이잉!

항해 두 달째, 명화방은 새로운 사실을 하나 발견했다.

배 하나만 간신히 지나갈 정도의 공간을 빼곤 찬바람이 불어오고 있었는데, 이 길을 제외한 곳은 벌써 눈보라가 거세게 몰아치고 있었다.

남극의 대륙 지역은 최대 영하 88도까지 내려간 적이 있을 정도로 엄청난 맹추위가 지속되는데, 이 좁은 꽃길만큼은 눈보라가 아닌 햇살이 내리쬐고 있었다.

"운이 좋은 건가?"

"이 정도면 세상을 살아가면서 사용할 천운을 다 쓴 것이라고 봐야지."

"정말 그렇군요. 이런 봄바람이라니, 전혀 상상조차 못했습니다."

태하 역시 남극을 가본 적이 있는 사람으로서 이런 따뜻한 광경은 굉장히 의외였다.

더군다나 누군가 길을 인도하는 것처럼 좁은 지역만 따뜻해져 온다는 것은 좀처럼 믿기가 힘들었다.

애초에 엄청난 체력 저하를 예상한 명화방으로선 그저 즐거운 여행길에 불과한 항해가 계속되고 있었다.

꾸우, 꾸우!

촤락!

심지어 돌고래들까지 명화방의 행렬에 따라와 물고기를 잡아먹고 여유롭게 물장난까지 치고 있었다.

이것이 결코 자연적인 현상은 아니었지만 지루한 뱃길에 작은 여유를 가져다주었다.

선원들이 한창 돌고래들과 장난을 치고 있을 무렵, 오로지 한 사람만 심각해져 있었다.

"마력이 점점 진해지고 있어요. 이런 현상이 계속되었다간 정말로 무슨 일이 생길지도 몰라요."

히우네는 정령과 교감하여 특별한 힘을 발현하는 사람이니만큼 이상 현상에 가장 빠르게 반응했다.

그녀는 이것이 차원의 틈을 파괴하는 빛줄기라는 것을 본능적으로 간파하고 있는 것이다.

"이제 제가 말한 그때가 옵니다. 준비를 하지 않으면 큰일이 날 거예요."

"그래요. 확실히 좋지 않은 느낌이 들어요. 이 따뜻함, 결코 기분 좋은 따뜻함이 아니에요."

자꾸만 불안해하는 그녀의 마음이 십분 이해가 가는 태하이다.

그는 히우네의 손을 잡았다.

"괜찮을 겁니다. 모든 것은 제자리로 돌아갈 거예요."

"자연은 항상 옳은 일만 해왔어요. 이번에도 옳은 일을 하겠죠. 저는 그렇게 믿어요."

평생 자연을 벗 삼아 살아온 히우네가 실망하지 않게 만들기 위해서라도 반드시 카미엘을 바로잡고야 말겠다고 다짐하는 태하이다.

디키터 섬을 떠나온 지 반년이 지났다.

"전방에 땅이 보입니다!"

태하는 망루에서 들려온 소리에 자신의 앞에 펼쳐진 남극 대륙을 바라보았다.

이미 눈이 녹고 풀이 자라 있는 꽃길 옆에는 엄청난 양의 눈이 쌓여 있었고, 바다는 전부 얼어서 배가 도저히 다가갈 수가 없었다.

하지만 꽃길이 만들어낸 따뜻함 덕분에 명화방의 선박은 연안에 붙어 닻을 내릴 수 있었다.

천태는 이곳에서 배를 멈추고 도보로 차원의 틈까지 가기로 했다.

"닻을 내려라! 이곳에 배를 대고 여정을 시작한다!"

"예!"

선원들은 배가 떠내려가지 못하도록 단단히 묶고 혹시 모를 혹한에 대비하여 배낭을 든든히 채웠다.

그들은 바로 옆으로 스쳐 지나가는 매서운 바람이 자신을 덮치면 분명 버티기 힘들 것이라는 것을 알고 있었다.

"설마하니 이 장벽이 무너지지는 않겠지요?"

"글쎄요, 모든 것은 신께서 알아서 결정하시겠지요."

이제부터는 모든 것이 태하의 결정으로 돌아가게 될 것이다.

"자, 출발하시지요."

"알겠네. 출발이다!"

이 열로 들어선 명화방이 배낭을 메고 길을 걷기 시작하자 그들의 주변을 가로막고 있던 온기의 장막이 점점 좁아졌다.

끼이이잉.

"밀착해라! 그리고 추위에 대비하여 피혁을 걸쳐라!"

"예, 방주님!"

연안의 온도는 최고 영하 20도까지 내려가지만 이곳에서 몇 ㎞만 벗어나도 온도는 뚝뚝 떨어질 것이다.

그곳에서 살아남으려면 겹겹이 피혁을 덧대는 수밖에 없었다.

저마다 피혁을 몇 겹씩 겹쳐 입은 명화방이 태하를 따라 천천히 걷기 시작했다.

*　　　　*　　　　*

연안을 떠난 지 일주일째, 아직도 비슷한 풍경이 태하의 볼을 스치고 있다.

휘이이이잉!

"날씨는 점점 더 따뜻해집니다. 하지만 그에 따라 눈보라는 더 거세지고 있군요."

"으음, 이제는 슬슬 겁이 나는군요."

명화방의 선원들은 저마다 가문의 자랑스러운 무공을 익히고 있었지만 남극의 추위는 무공으로 어찌할 수 있는 것이 아니었다.

금강불괴의 몸이 된다면 몰라도 화경 이하의 무사들은 이곳에서 살아남지 못할 것이다.

아슬아슬한 여정이 계속되는 가운데, 일행의 앞으로 거대한 빛줄기가 떨어지는 그곳이 보였다.

태하는 아마도 저곳이 목적지가 될 것이라고 생각했다.

"저곳입니다. 저곳이 우리가 찾는 그곳이 분명합니다."

"여기서 한 열흘이면 도착하려나?"

"그보단 조금 더 걸릴 수도 있겠습니다. 중간에 산이 하나 있어서요."

"흠, 저곳이 고비이군."

"하지만 저곳만 무사히 넘으면 우리는 목적을 달성할 수 있습니다."

"그래, 한번 가보자고."

명화방은 자신들의 앞을 가로막고 있는 바위산을 넘어 목적지로 한 발자국 더 다가서기로 했다.

비록 바위산의 산세가 험하긴 해도 차가운 바람이 불어오지 않는다면 체력에 큰 문제는 생기지 않을 것이다.

태하와 천태는 거침없이 산을 올랐고, 일행은 그 뒤를 바짝 따랐다.

산을 오른 지 나흘째, 아직도 산등성이를 넘어 아래로 내려가는 길을 찾아내지 못했다.

"산이 꽤 높은데?"

"보이는 것과는 또 다른 것 같습니다. 하지만 다른 길이 없으니 우리에겐 선택권도 없습니다."

"그래, 그건 그렇지."

그나마 햇살이 비추지 않는다면 이들은 한꺼번에 다 죽은 목숨이기 때문에 오로지 곧은길로만 갈 수밖에 없었다.

하지만 다행인 것은 선원 전부가 무공을 익혀서 산비탈 하나 오르는 것쯤은 별로 대수롭지 않다는 점이었다.

쉬지 않고 산비탈을 오르던 태하는 불현듯 자신의 머리로 떨어져 내리는 유성우를 발견하였다.

슝슝슝!

"또 유성우가 떨어져 내립니다!"

"이제는 아주 심심하면 떨어지는군."

"정말 시간이 얼마 남지 않은 겁니다. 이런 이상 현상이 계
속되다가 어느 한순간에 폭발할 겁니다. 그때는 모든 것이 끝
나고 난 이후일 겁니다."

"걸음을 더 재촉해야 할 필요가 있겠는데?"

"예, 어르신."

그는 자신을 따르는 선원들에게 말했다.

"이제부터는 보법을 전개하여 달린다! 쉬지 않고 보법을 전
개하다 보면 내력이 많이 모자랄 수 있으니 한 시간에 5분씩
휴식하면서 간다!"

"예, 방주님!"

태하는 자신을 따르는 히우네를 들쳐 업었다.

"갑시다. 꽉 잡을 수 있죠?"

"네."

그는 히우네와 자신의 몸을 단단하게 연결한 후 앞장서서
보법을 전개하였다.

파바바바밧!

천마군영보로 미끄러지듯이 앞으로 나가는 태하를 따라서
천태와 그 부하들이 뒤따라 달려갔다.

보법의 종류와 그 깊이의 차이는 있었지만 기본적으로 말보다 더 빠른 것은 공통적이기 때문에 여정의 속도는 한층 더 올라갈 수 있었다.

한 시간에 한 번씩 쉬면서 달리는 보법으로 인해 목적지는 점점 더 가까워져 갔다.

"이렇게 달리면 며칠 안에 도착하겠습니다."

"그래, 그렇겠군. 하지만 돌아올 때가 걱정이야. 그런 꽃길이 여전히 유지되고 있을지 의문이거든."

"신에게 빌어봐야죠."

어느새 신을 자주 찾게 된 태하이다.

*   *   *

남극의 한복판, 거대한 온기의 소용돌이가 사방을 에워싸고 있다.

고오오오오!

이제 온기의 소용돌이는 점점 강력한 자기장을 품에 안게 되었으며, 그 맹렬한 기세는 하늘을 찢어버릴 듯했다.

부려 2개월 동안 쉬지 않고 달려서 도착한 차원의 틈에서 뿜어져 나오는 절대적 에너지의 응집을 바라보는 태하의 표정이 썩 좋지가 못했다.

"…늦었을까요?"

"자네의 말대로라면 폭발이 일어나 더 이상 현상이 진행되지 않아야 정상 아니겠나? 이 세상의 거의 모든 것은 기승전결이 갖춰져 폭발을 만들어내게 마련일세. 아마도 우리는 절정에 다다르기 바로 직전에 도착한 것 같아."

"그렇다면 다행이지요."

천태의 말대로 주변의 경관은 점점 기괴해지고 있었으며, 이 근방을 지나던 모든 기류가 마력에 의해 흩어지고 있었다.

확실히 이러한 현상은 자연현상에 빗대어 설명할 수 없는 것이었다.

잠시 후, 천태의 예상대로 차원의 틈에서 푸른색 불기둥이 솟구쳐 오르며 카미엘의 신형이 포탈을 뚫고 나왔다.

지이이이잉!

"끄아아아아악!"

엄청난 고통이 온몸을 휘감으며 정신을 차린 카미엘은 거의 녹초가 되어버린 몸으로 설원을 기어 다니고 있었다.

"허억, 허억! 쿨럭!"

찐득한 액체가 온몸에 가득 묻은 카미엘은 연신 기침을 내뱉으며 의문의 액체를 토해내었다.

"우웨에에에엑!"

아마 폐부까지 꽉 들어찬 듯 카미엘은 대략 5분 동안 쉬지 않고 찐득한 액체를 토해냈다.

그리고 잠시 후, 그가 정신을 차려 태하 일행을 바라보았다.

"…당신들은……?"

"나는 미래에서 당신을 막고자 온 사람이다. 나도 당신처럼 차원의 틈을 넘어서 왔지."

"차원의 틈을 넘은 사람이 또 있었다?!"

"그렇다."

태하는 물먹은 솜처럼 축 늘어진 카미엘에게 마정석을 보여 주며 말했다.

"나는 너의 기억을 지우기 위해 이곳으로 왔다."

"……."

"너는 이곳 지구를 파멸로 이끄는 화근이다. 지금 이 자리 에서 죽이지 못하면 우리의 미래는 없다. 고로 나는 이곳에서 너를 죽이든 기억을 지우든 한 가지 선택을 해야만 하는 상황 에 놓인 것이다."

"…그래서, 나에게 하고 싶은 말이 뭔가?"

"선택해라. 이곳에서 우리에게 죽든지, 기억이 전혀 없는 새 로운 사람이 되어서 살아가든지 말이야."

카미엘은 실소를 흘렸다.

"후후, 세상을 바꾸겠다며 차원의 틈까지 넘어온 나에게 기 억을 지우고 새로운 사람이 되어라? 그게 지금 가당키나 한 얘기라고 생각하나?"

"사람은 언제나 자신이 본 것만 믿으려 한다. 그 때문에 사람이 다 죽어 없어진다고 해도 결코 신념을 접으려 하지 않겠지."

"잘 아는군."

태하는 그의 목덜미를 틀어쥐었다.

턱!

"쿨럭, 쿨럭!"

"지금 당장 모가지를 비틀어 죽여 버리겠다."

"할 수 있으면 해봐라. 네가 죽인다면 지금의 나로선 어쩔 수가 없지. 네게 대항할 힘도 없는데 말이야."

"좋아, 원한다면 죽여주지."

태하는 그가 스스로 죽기를 원하지 않는 이상, 결코 죽일 수 없다는 것을 잘 알고 있었다.

카미엘 역시 이곳을 넘어오면서 시간의 역류에 걸린 사람이다.

스스로 심장을 터뜨려 희생하지 않는 한 결코 죽음에 이르지 않게 될 것이다.

그러나 최소한 그의 목을 부러뜨려 제압해 놓는다면 평생 불구로 살도록 만들 수는 있을 것 같았다.

하지만 설화령은 그 방법이 잘못되었다고 생각했다.

"김 대협, 아무래도 그건 아닌 것 같아요. 미래가 중요하다는 것은 잘 알겠지만 그렇다고 무분별한 희생을 강요할 수는 없죠."

"…그러나 이놈이 살아 있는 한 우리의 미래는 처참한 암흑뿐일 겁니다."

"그렇지 않아요. 그를 살리면서도 우리가 공존할 수 있는 방법이 있을 겁니다."

그녀는 태하에게 다섯 번째 마정석에 대해 물었다.

"듣기론 미래를 들여다볼 수 있는 마정석이 있다면서요?"

"예, 그렇습니다."

"그럼 그것을 미리 사용해서 이 사람이 올바른 선택을 할 수 있도록 도와줄 수 있잖아요."

설화령은 카미엘에게 정중히 인사했다.

"저는 북해빙궁의 설화령이라고 합니다. 당신은 이계에서 온 사람이겠지요?"

"…그렇다."

"당신이 어떤 인생을 살아왔는지 저는 알 수 없습니다. 하지만 최소한 이계에서 온 사람이라면, 더군다나 세상을 바꾸기 위해서 온 사람이라면 자신의 힘에 어떤 책임이 따르는지는 알아야 할 것입니다."

"내가 그대들의 말에 순순히 따라줄 것이라고 생각하나?"

"최소한 세상을 바꾸려 한 사내라면 그렇게 해야 한다고 생각합니다."

가만히 설화령을 바라보던 카미엘이 실소를 흘렸다.

"후후, 용감한 여자군. 만약 내가 거부하면 어쩌려고?"

"그럼 어쩔 수 없지요. 당신에게도 선택의 자유란 있는 법이니까요."

카미엘은 설화령의 설득에 결국 미래의 기억을 이식하기로 했다.

"미래를 보지 않으면 더 좋겠지만 지금과 같이 의견 충돌이 일어난 경우엔 어쩔 수 없겠군."

"잘 생각한 겁니다."

그녀는 태하에게 다섯 번째 마정석을 사용할 수 있도록 부탁하였다.

"김 대협, 부탁해요."

"알겠습니다."

태하는 카미엘의 머리에 마정석을 찔러 넣었다.

푸욱!

그러자 카미엘의 눈에서 환한 빛이 뿜어져 나오면서 그의 뇌에 새로운 기억이 이식되기 시작하였다.

뚜둑, 뚜두두둑!

"끄악, 끄아아아악!"

뇌에 새로운 기억을 심는다는 것은 아주 힘들고 어려운 일이고, 그것을 심는 동안 수반되는 고통은 이루 말로 표현하기 힘든 것이다.

카미엘은 그 고통을 기꺼이 감내하여 자신이 미래에 저지를 일을 모두 기억해 냈다.

잠시 후, 그는 미래의 자신이 가지고 있던 기억을 완전히 각성해 내곤 비통한 표정을 지었다.

"…그래, 내가 미친 짓을 했군."

"정확하게는 이대로 시간이 조금 더 지나갔다면 그리 되었을 일이지."

카미엘은 오히려 태하에게 고개를 숙여 인사했다.

"나를 깨우쳐 주기 위해서 차원의 틈을 넘었다니 대단한 사람이군. 고맙다."

"별말씀을. 나는 다시 그곳으로 돌아갈 것이다. 그러니 별로 고마워할 것 없어."

순간, 카미엘의 표정이 어색하게 굳어버렸다.

"…그건 불가능하다."

"뭐, 뭐라고?"

"네가 다시 세계선을 넘어버리면 양쪽 세계선이 전부 다 붕괴해 버릴 것이다. 네가 이곳에 남아 이 세계선이 계속 이어져 미래가 완성된다면 세상은 멸망하지 않을 것이다. 최소한 나

때문에는 말이야."

"……"

태하는 다시는 가족과 친구들을 만날 수 없다는 생각에 잠시 슬픔에 잠겼다.

하지만 그는 자신의 곁에서 손을 꼭 잡아준 히우네를 바라보았다.

"…걱정 말아요. 염치없지만 당신의 곁에서 평생 함께할게요."

"히우네……"

카미엘은 이제 자신과 태하가 해야 할 일이 무엇인지 정확하게 짚어냈다.

"우리는 이 세상에 혼란이 다가오는 것을 막아야 할 임무가 생겼다. 아마 모두 수백 년, 어쩌면 수천 년 동안 이 세상에 정체를 드러내지 못한 채 살아가야 할 수도 있다."

"그렇다면 우리가 불로불사의 몸이 되어야 한다는 소리인가?"

"나에겐 네 개의 마정석이 있다. 이것은 시간의 억류에 걸리도록 해주는 마정석이지. 이것을 가지면 불로불사의 몸으로서 평생 살아갈 수 있게 될 것이다. 하지만 그에 따라 생기는 엄청난 무게감을 이겨내야 한다. 만약 그게 싫다면 나 혼자서라도 하겠다."

천태는 다소 망설이는 듯한 투로 말했다.

"사실 나에겐 뇌에 생긴 혹이 있어. 이것이 머리를 압박하여 곧 죽음에 이르겠지."

"아, 아버지?"

"어차피 인간에겐 끝이 있는 법이다. 그건 네가 더 잘 알 것 아니냐?"

"그렇지요."

카미엘은 천태의 말을 듣곤 이내 머리를 치료하는 마법을 걸었다.

"큐어!"

인간의 몸을 정갈하게 만드는 큐어는 카미엘의 경지쯤 이르는 마법사가 사용하면 암도 치료할 수 있었다.

그의 손길이 단 한 번 스쳤을 뿐인데, 천태는 뇌종양의 압박에서 완전히 벗어날 수 있었다.

팟!

"아아……!"

"어떤가? 괜찮은가?"

"…그렇군."

천태는 이제 평생을 그림자로 살아도 여한이 없었다.

"나는 어차피 죽었어야 할 몸이다. 그럼에도 살아 있는 사람이 되었으니 당장 장례를 치러도 여한은 없다. 카미엘, 그대와 함께하겠노라."

"좋아, 동료가 한 명 더 늘었군."

아버지 천태의 결단에 천하랑은 설화령의 손을 잡고 이에 동참하기로 했다.

"나 역시 원래 죽었어야 할 몸이오. 내 아내도 그러하고 말이오. 아버지, 저는 아버지를 따라서 평생을 그림자로 살겠습니다."

"저 역시 그렇습니다. 꼭 지아비를 따라가는 삶이 아니더라도 덤으로 받은 이 목숨, 허투루 쓰고 싶지 않아요."

"옳은 결정이라는 것을 언젠가는 깨닫게 될 것이야."

이제는 단 한 사람의 결단만이 남은 상태이다.

하지만 히우네는 태하가 가는 길이라면 지옥불이라도 함께 가겠다고 마음먹은 지 오래였다.

"저는 태하 씨를 위해서라면 죽어도 좋아요. 만약 그게 죽지 못해서 사는 영원이라고 해도 말이죠."

"히우네……."

"당신을 따르겠어요."

카미엘은 태하를 바라보았고, 그 역시 고개를 끄덕였다.

"어차피 못 죽고 억지로 사는 이 세상, 함께할 사람들이 있다면 행복한 일이지."

"괴로운 일이 많을 거야. 네 스스로 죽는 일을 수수방관하

게 된다거나 부모님이 돌아가시는 모습을 봐도 선뜻 나설 수
없을 거다."

"…어쩔 수 없지. 그게 자연의 순리라면 따라야 하는 것 아
니겠나?"

"고단한 길이 될 것이다."

"알고 있어."

카미엘은 굳은 결심을 한 태히에게 네 개의 마정석을 건넸
다.

"고단한 일을 함께할 사람들에게 고통을 나누어주는 것은
함께해야 할 일이다. 이로써 우리는 하나가 되는 것이다."

"알겠다."

태하가 마정석으로 네 사람의 심장을 찌르면 카미엘이 그
마력을 안정시켜 불사의 몸으로 만들 것이다.

이렇게 서로 고통을 분담함으로써 이들은 하나가 될 것이
다.

푸욱!

가장 먼저 가슴을 찔린 사람은 천태였다.

"크윽!"

스스스스스!

천태의 가슴에 시간의 억류가 걸리면서 그의 몸은 절대로
죽지 않는 불로불사가 되었다.

그는 이제 이 모습 이대로 영원토록 살아가게 될 것이다.

다만 그의 모습은 머리만 하얀 20대 청년으로 변하여 오히려 천하랑보다 훨씬 어려 보였다.

하지만 문제가 있었다.

"…어, 어어?"

"아, 아버지가 여자로……?!"

천태는 넋이 나간 표정이다.

"내, 내가 여자라니? 내가 젊은 여자라니?"

"시간의 부작용에는 수많은 부작용이 있다. 이를테면 늙은 사람이 젊어진다거나 젊은 사람이 늙는다든지, 남자가 여자가 된다든지, 여자가 남자가 된다든지, 뭐 그런 부작용이 있어."

"전혀 예상하지 못한 일이군."

"그래서 내가 가시밭길이라고 한 것이다."

이미 불사의 몸이 된 것, 그는 어떠한 모습으로 살아가도 상관이 없다고 생각했다.

다만 아들인 천하랑의 충격은 이루 말로 표현할 수가 없었다.

"아, 아버지가 어머니로……."

"크흠, 기왕이면 아버지로 계속 불러다오."

"예……."

심지어 수려한 외모에 하늘하늘한 맵시까지, 겉모습만 봐선 결코 천태라는 생각이 들지 않았다.

하지만 한 번 아버지는 영원한 아버지이니 천하랑은 그녀를 아버지로 모시고 살 것이다.

이윽고 태하의 칼날이 천하랑의 가슴에 틀어박혔다.

퍼억!

"으헉!"

카미엘은 곧바로 그의 가슴에 마력을 불어넣었고, 그의 모습이 순식간에 풋풋한 열일곱 소녀로 변하였다.

스스스스, 팟!

"허, 허억!"

"…아, 아들아?"

"아, 아버지!"

여인으로 변한 천태와 묘하게 닮은 그녀(?)의 모습은 어쩌면 자매를 연상시키기도 했다.

천태는 자신의 아들이 여자로 변한 것에 엄청난 충격을 받았지만, 그보다 더한 것은 아무래도 아내 설화령이었다.

"……"

"화, 화령……?"

그녀는 입술을 짓깨물었다.

"괘, 괜찮아요. 당신이 여자이든 남자이든 저는 상관없답니다."

"여보……."

여자가 여자에게 여보라는 호칭을 사용한다는 것이 좀 이상하긴 했지만 나름대로 애절한 장면이 아닐 수 없었다.

씁쓸한 표정의 천하랑이 그녀의 손을 잡고 있는 동안, 태하의 세 번째 칼날이 설화령의 심장을 찔렀다.

푸욱!

"끄윽……."

카미엘은 최대한 조심스럽게 그녀의 심장에 손을 가져다 댔고, 그녀의 몸이 순식간에 준수한 외모의 청년으로 변하였다.

팟!

"어, 어머나!"

"…화령?"

"이, 이게……."

그녀는 이제 막 약관이 된 것 같은 앳됨이 묻어나면서도 슬슬 성인으로서의 성숙함도 보였다.

다만 본판이 워낙 아름답던 그녀인지라 남성 특유의 강력한 매력은 느낄 수가 없었다.

무려 세 번의 충격이 휩쓸고 간 이곳은 도무지 적응할 수 없는 광경으로 변해 버렸다.

태하는 이제 마지막 칼날을 꽂기가 두려워졌다.

"…히우네, 정말 괜찮겠어요?"

"당신은 내가 만약 다른 모습으로 변한다면 외면하실 건가요?"

"아니요. 그렇지 않아요."

"그럼 됐습니다. 찌르세요."

그는 깊이 심호흡을 하며 검을 찔렀다.

푸욱!

"으흑!"

잠시 후, 카미엘이 그녀의 가슴에 마력을 불어넣자 머리카락과 눈동자에서 밝은 빛이 뿜어져 나왔다.

끼이이이잉!

"으으윽!"

이윽고 그녀의 피부가 갈라지면서 까무잡잡하던 색이 순백색으로 변하였다. 그리고 머리 색과 눈동자 색은 빛이 비치는 방향에 따라서 바뀌는 신비한 색으로 변했다.

영롱하게 빛나는 그녀의 미모는 감히 인간이 범접하기 힘든 그런 아름다움을 뿜냈다.

"태하 씨……?"

"……."

"이상한가요? 괴물이 되었나요?"

그는 고개를 가로저었다.

"아니, 너무 아름다워서 나도 모르게 넋을 놓고 말았군요."

"…고마워요."

이제 카미엘은 마지막으로 태하의 심장에 깃들어 있던 시간의 억류를 완벽하게 갈무리시켜 주었다.

스스스스스!

태하는 다행히도 아무런 부작용이 없는 원래의 멀쩡한 모습이다.

"됐다. 이제 더 이상 영생을 누릴 수 있는 사람은 없을 거야."

이리하여 네 가지의 부작용이 전부 다 발현되었고, 더 이상 모습이 변할 사람은 없었다.

"이제 모두 시간의 억류에 사로잡혔어. 이로써 우리는 한 팀이 된 것이다. 앞으로 서로 의지하면서 잘 살아보자고."

"…그럽시다."

태하와 히우네는 덤덤한 표정이었지만 성별과 나이가 반전된 세 사람은 앞으로 적응과 순응의 시간이 필요할 것으로 보였다.

*   *   *

태하 일행은 이제 더 이상 명화방의 일에 관여할 수 없기 때문에 천태의 친필로 된 서신으로만 방의 일을 처리하도록 하였다.

천태는 이제 자신은 폐관 수련에 들어가고 남은 일을 부방주에게 일임한다는 서신을 전하였다.

그리고 자신이 죽을 때가 되면 천무혁을 방주로 추대하여 방의 계보를 이어나갈 것을 지시하였다.

앞으로 명화방은 천무혁의 지휘 아래 무럭무럭 커나가게 될 것이다.

이제 천태와 태하 일행은 명화방과는 상관없는 지구의 미래를 바꿀 일에만 몰두할 생각이다.

카미엘은 가장 먼저 천하마술단의 대모가 되는 일레이나를 찾아서 새로운 기억을 심어주는 것이 급선무라고 생각했다.

그녀의 기억을 지우고 새로운 기억을 심어 올바른 삶을 살아가게 만든다면 분명 세상은 멸망하지 않을 것이다.

일행은 가장 먼저 그녀와 카미엘이 만난 장소로 여행을 떠나기로 했다.

여정은 아라비아에서부터 프랑스 북부로 이어지는 길이었다.

아직까지 흑사병의 여파와 전쟁이 끊이지 않는 유럽이지만 그 또한 인류가 존립하는 데 필요한 역사였기에 큰 신경을 쓰지 않았다.

이제 그들은 역사가 어떻게 되든 간에 지구가 멸망하지 않는 선에서만 나서기로 한 것이다.

포트사이드에서 출발하여 시칠리아, 사르데냐를 거쳐 마르세유로 가서 그곳에서 말을 타고 몽블랑까지 가면 그녀가 살던 고향으로 갈 수 있다.

물론 그녀가 카미엘을 만나기 전까지 어떻게 살아왔는지 알 도리는 없어서 한 조는 그녀를 처음 만난 숲으로 가고 나머지는 고향에서 단서를 찾을 예정이다.

천태는 자신의 이름을 천희로 바꾸고 명화방주의 명령으로 내려온 밀사의 명패를 받았다.

스스로에게 명패를 내려 방의 모든 시설과 자본을 이용할 수 있도록 한 것이다.

물자를 보급하고 포트사이드를 떠나는 길, 천희는 다소 복잡한 표정이다.

태하는 그녀에게 다가가 물었다.

"심란하십니까?"

"…남자로서의 삶이 끝났다는 것은 아무래도 좋아. 하지만 아들이 여자가 되었다는 것은 믿기 힘든 일이군."

"하지만 받아들여야 합니다. 우리가 자처한 길 아닙니까?"

"그래, 자네의 말이 맞아. 우리가 자처한 길이야. 앞으로 어떤 일이 벌어지든 감수할 각오는 되어 있어. 다만 저 부부가 어떻게 이겨낼지 걱정이군."

"괜찮습니다. 두 부부는 심신이 굳건한 사람들이니 문제없을 겁니다."

"부디 그랬으면 좋겠군."

이제 태하는 출항 명령을 내렸다.

"출항하라!"

펄럭!

명화방의 상선이 시칠리아로 향했다.

4. 불우한 과거의 소녀

지중해 먼 바다에 태하 일행을 실은 배가 순풍을 타고 항해를 거듭하고 있다.

일행은 선미에 앉아 술잔을 기울이고 있었다.

아무리 술을 퍼마시거나 담배를 피워도 건강에 이상이 생길 리 없는 이들은 머나먼 인생의 여정에서 술을 하나의 낙으로 삼았다.

카미엘은 술잔을 기울이며 자신이 처음 일레이나를 만난 때를 기억해 냈다.

"그녀는 아주 불우한 인생을 살았다고 했어. 악덕 영주 밑에서 죽을 고비를 넘겨 나에게 왔다고 하더군. 그 이상의 얘기는 나에게 하지 않았지. 물론 나 역시 그녀의 개인사에 대해선 알려고 하지 않았고 말이야."

"그렇다면 그녀가 고향에서 뭘 하고 살던 사람인지도 모르겠군."

"물론이지. 그녀와 나 사이엔 불문율 같은 것이 있었다. 과거에 무슨 일을 했든, 어떤 사람이었든 간에 상관이 없었으니까. 세상을 바꾸는 데 과거와 그 사람의 신분은 중요하지 않았어. 오로지 그 사람의 잠재력만이 가치가 있다고 생각했어."

그는 지독한 럼주를 목에 가득 차게 넘겼다.

꿀꺽!

"크흐, 모든 것은 내 탓이다. 내가 그녀에 대해서 조금 더 잘 알고 상처를 보듬어주었다면 그렇게 악독한 여자로 살아갈 일은 없었을지도 몰라."

"그런 과오를 바로잡기 위해서 우리가 가는 것 아닌가? 자책할 필요 없어."

"후후, 그렇지. 우리는 과거를 바로잡기 위해서 이 여행을 하고 있는 것이지."

카미엘은 앞으로 그녀가 평범한 여자가 되어 행복하게 살다가 죽었으면 하는 바람을 가져본다.

"최소한 그녀는 행복했으면 좋겠어. 이제 세상을 바꾼답

시고 세상을 파괴하는 광녀로 사는 일은 벌어지지 않았으
면……."

"반드시 그렇게 될 것이다."

약간의 자책이 섞여 있는 그의 푸념을 가만히 듣고 있던 천
하랑이 말했다.

"사람이 죽으면 후회와 통한만이 남더군. 이상하게도 사람
은 죽을 때 자신에게 좋았던 기억은 잘 떠오르지 않아. 그저
자신이 못다 이룬 것들, 또는 자신으로 인해 남겨질 사람들만
생각날 뿐이지. 아마 자네가 지금 그런 체념 어린 푸념을 늘
어놓는 것도 인생에 대한 미련을 버렸기 때문이 아닐까? 그렇
다면 과거에 대한 집착도 버려."

"그래, 맞는 얘기군. 고마워, 그런 조언을 해줘서."

"별말씀을."

일행은 이제 앞으로의 일에 대해서 논의하였다.

"우리가 일레이나를 제대로 된 사람으로 만들고 나면 어떻
게 살지?"

"그게 무슨 뜻이야?"

"이 세상이 제대로 흘러가는 것을 지켜보고 살자면 그 세월
을 이겨내야 할 뭔가가 필요하지 않겠어?"

"흐음……."

천태는 실소를 흘렸다.

"후후, 아직도 우리는 바보와 같은 생각을 품고 살고 있군."

"······?"

"앞날에 대한 고민이라는 것은 살날이 어느 정도 정해진 사람들에게나 통하는 것이지 우리와 같은 사람들에겐 통하지 않아. 거지꼴로 살면 어떻고 부자로 살면 어때? 관리로 살든 노비로 살든 무슨 상관이겠나? 중요한 것은 그저 세월에 순응하는 것이지."

"그래, 그 말이 맞아."

일행은 이내 고민을 접고 계속해서 술판을 벌였다.

"자, 마셔. 더 이상 고민은 하지 말자고."

"예, 어르신."

그들은 해가 떠 술판을 벌였다가 해가 질 때까지 마셨다.

*   *   *

늦은 밤, 설화령이 망루에 올라 홀로 술잔을 기울이고 있다.

천하랑이 그녀의 곁으로 다가갔다.

"바람이 찬데, 이곳에서 뭐하시오?"

"그냥 잠이 안 와서 술 한잔하고 있었지요."

그는 씁쓸하게 웃었다.

"…예전엔 건강이고 뭐고 여자가 부끄러운 줄 모르고 술이나 마신다고 타박했겠지만 지금은 그럴 수가 없겠구려."

"후후, 그런가요?"

천하랑은 설화령의 손을 잡았다.

"미안하오. 처음 만나서부터 지금까지 험한 꼴만 보게 만드는구려."

"그런 말씀 마세요. 내가 언제 이렇게 남자가 되어보겠어요?"

"…문제는 평생 이러고 살아야 한다는 것이지."

그녀는 고개를 가로저었다.

"아버님께서 방법을 가르쳐 주셨어요."

"방법이라니?"

"무림에는 규화보전이라는 무공이 전해져 온답니다. 그것을 익히면 남자가 여자로 변해 버린다고 하더군요."

"규화보전……!"

아주 어린 시절에 들어본 전설이지만 천하랑은 남자와 여자의 성별을 바꾸어주는 무공이 있다는 소리를 들어본 적이 있었다.

다만 문제가 있다면 여자가 남자가 되는 것은 불가능하다는 점이었다.

"만약 당신만 허락하신다면 다시 여자가 되고 싶어요. 우리

의 임무가 완수된 이후에 규화보전을 찾아내어 연성하면 어떨
까 생각해 봤지요."

"그것 참 묘안이구려! 당신이 다시 여자가 된다면 남자가 되
어서 찾아오는 자괴감이나 괴리감에 빠져 살지 않아도 될 것
아니오?"

그녀는 쓴웃음을 지었다.

"하지만 당신은 남자로 돌아올 방법이 없잖아요? 그런데도
나 혼자 원래의 모습으로 돌아온다면……."

"그건 운명이오. 우리가 선택한 길에 후회는 없어야 할 것이
오. 다만 문제가 생겼을 때 고칠 수 있는 길이 있다면 마땅히
그 길을 가야 할 것이오."

"여보……."

설화령은 이젠 자신보다 키가 작아진 천하랑의 어깨에 살
며시 고개를 기대어보았다.

비록 높낮이는 예전과 같지 않았지만 가만히 눈을 감고 있
으면 남자이던 천하랑의 늠름함과 믿음직함이 느껴지는 것
같았다.

"…당신의 얼굴이 보여요."

"나도 그렇소. 당신의 그 아름답던 얼굴, 그 얼굴이 떠오르
는구려."

두 부부는 성별이 바뀌어도 육신이라는 껍데기 안에 있는

본질을 사랑함으로 서로에 대한 신뢰를 다시 한 번 확인하였다.

천하랑은 그녀의 손을 꼭 잡았다.

"앞으로도 내가 당신을 반드시 지켜주리다."

"고마워요. 저 역시 당신의 이름에 누가 되지 않는 아내가 될게요."

"사랑하오."

"사랑해요……."

눈을 감고 듣는다면 약간은 어색한 광경이지만 두 부부는 만족스러운 사랑을 나누었다고 생각했다.

이로써 두 사람은 진정한 사랑, 육신을 초월한 사랑을 이루게 되었다.

*   *   *

같은 시각, 천태는 카미엘과 장기를 두고 있었다.

녹색 말을 잡은 카미엘은 처음 두는 장기임에도 불구하고 천하의 천태를 곤경에 빠뜨리기 일쑤였다.

"…대단하군. 외통수에 외통수로 화답하는 능력이나 판을 뒤집을 묘수를 두는 것 역시 일품이야. 정말 장기를 두어본 적이 없나?"

"장기라는 놀이에 관심을 가질 만한 여유가 없어서 말이야. 맹목적인 야망을 버리고 나니 인생이 생각보다 재미있어졌어."

카미엘은 서로 머리를 쓰면서 두는 장기에 푹 빠져들어 있는 것 같았다.

대국에 빠져 시간이 가는 줄도 모르고 앉아 있는 카미엘에게 천태가 아주 조심스럽게 물었다.

"저, 있잖나……?"

"말해."

"혹시 말이야, 남자가 여자로 변하는 무공을 익혀 성별이 변한다면 어떻게 되는 건가?"

"여자가 남자로 변해? 설화령에 대한 얘기인가?"

"그렇다네."

"뭐, 그런 것쯤은 상관이 없어. 어차피 여자가 남자로 변한 것은 시간의 억류가 가진 부작용이야. 그러니 그 부작용을 고친다고 해서 문제될 것은 없지."

"으음, 다행이군."

"지금 당장 뭐라 꼬집어 말할 수는 없지만 남자가 여자가 된다고 해서 마법이 깨지는 않아. 시간의 억류는 그 누구의 힘으로도 깰 수 없거든."

"그래, 듣던 중 반가운 얘기다!"

카미엘은 기뻐하는 천태에게 물었다.

"그러는 그쪽은 여자가 되어서 당황스럽거나 절망스럽지 않나?"

"뭐, 아무렇지도 않다면 거짓말이겠지. 하지만 내 나이가 몇 인데 껍데기에 신경을 쓰겠나? 그냥 생긴 대로 사는 것이지."

"후후, 그래, 그 말이 정답이다."

살아온 세월로 따지면 카미엘이 천태보다 훨씬 더 오래 살 았지만 사람답게 살아온 세월이 긴 천태는 이미 모든 것을 초 월한 모양이다.

며느리의 상태를 다시 되돌릴 수 있다는 소리에 단번에 기 분이 좋아진 천태였다.

"자, 장일세!"

"어이쿠, 넋을 놓고 있다가 또 당했군."

"장기는 끝까지 긴장을 놓으면 안 된다네. 일개 병졸이 판 을 뒤집을 수도 있는 법. 그러니 긴장을 놓지 말게."

"후후, 훈수는 여기까지일세. 다음번엔 다를 거야."

"기대하지."

두 사람은 곧장 판을 엎고 다시 말을 놓기 시작했다.

*　　　　*　　　　*

지중해를 지나 메시나 해협에 당도한 일행은 시칠리아 북부에 배를 댔다.

항구도시 메시나에는 명화방의 분타가 있어서 이곳에서 물자를 보급하면 곧장 사르데냐를 거쳐 마르세유로 갈 수 있을 것이다.

사르데냐에는 명화방의 창고가 있어서 이곳에서 하루쯤 묵으면서 필요한 물품을 보충하고 일레이나의 고향에 가지고 갈 교역품을 챙길 수 있을 것이다.

아무래도 장사꾼으로 위장하는 것이 그들과 가까워질 수 있는 가장 좋은 방법이니, 천태는 그들의 상인 조합에 얼마간 투자를 하고 교역권을 따낼 생각이다.

처음 보는 사람들에게 상당히 배타적인 지역이라고 해도 상인 조합이나 영주성에 일정 금액의 돈을 쥐어주고 투자금을 불입하면 마음을 열지 않을 수가 없다.

그 지역을 방문할 때마다 돈을 쥐어주면 오히려 그곳 상인들이 고마워서 물건값을 에누리해 주는 경우도 있었다.

천태는 지금까지 자신이 장사를 해온 경험을 토대로 그녀의 고향을 친구로 만들 생각이다.

지금 이들이 구상하고 있는 새로운 기억의 시나리오는 그녀의 불우하던 어린 시절이 지나고 난 후 명화방이라는 거대한 상단을 만나 고향에 있는 고아원을 돌본다는 얘기였다.

만약 가능하다면 명화원을 설치하여 운영하는 동안 명화방의 인재 중에서 괜찮은 남자를 만나 결혼을 할 수도 있을 것이다.

천태는 그녀의 기억을 아름답게 꾸며줄 수 있다면 금을 얼마를 써도 상관이 없었다.

돈이야 평생을 두고 벌어 쌓아두면 그만이니 그녀의 불쌍한 인생이 조금이라도 행복해질 수 있다면 기꺼이 주머니를 열 것이다.

메시나에서 한차례 보급을 끝낸 명화방의 배가 항구를 떠나려 채비를 하고 있다.

"닻을 올려라!"

"출항이다!"

땡땡땡!

이제 상선이 돛을 펴고 먼 바다로 나아가려던 찰나, 저 멀리서 한 청년이 달려왔다.

"이보시오! 잠시만 멈추시오!"

"……"

천태는 배를 타기 위해 달려오는 사내가 다름 아닌 자신의 손자 무혁임을 알 수 있었다.

순간, 천태는 그 자리에 굳어 아무런 말을 할 수가 없었다.

"어라? 도련님?"

"어이, 닉스. 잘 지냈나?"

"예, 도련님. 그나저나 이곳까진 어인 일이십니까?"

"할아버지의 폐관 수련장이 어디인가 싶어서 분타를 이리저리 돌아다니고 있다네. 그 김에 분타가 잘 돌아가는지 관리도 좀 하고."

"그러셨군요. 잘하고 계십니다."

무혁은 할아버지인 천태가 사라지고 난 후 군에서 곧바로 나와 상단에 몸을 맡긴 모양이다.

일찌감치 배에서 뛰어놀면서 자란 무혁이기에 분타와 분타를 넘어 다니는 고단한 생활에도 조금의 기친 기색도 보이지 않았다.

천태는 늠름해진 무혁을 바라보며 흐뭇한 미소를 지었다.

'그래, 잘하고 있구나. 네가 늠름하게 살아가는 모습을 보니 내 마음이 한결 편안하구나.'

환하게 웃고 있는 천태를 바라보며 무혁이 다가와 말을 건넸다.

"처음 보는 얼굴이군. 어디서 오는 길이오?"

"……."

"이 배는 할아버지의 밀명에 따라서 움직이는 것이라고 하던데, 방주님께선 어디에 계시오?"

"…모릅니다."

"으음, 정말이오?"

"······."

천태는 행여나 손자가 자신을 알아보면 어쩌나 하고 걱정했지만, 그것은 정말이지 전혀 쓸모가 없는 생각이었다.

아예 예전의 모습이 하나도 남아 있지 않은 그를 알아볼 수 있는 사람은 아마 존재하지 않을 것이다.

만약 산골에 있는 그의 애인 주모가 배를 타고 건너온다면 모를까, 지금은 손자 무혁도 그를 알아볼 수 없었다.

"뭐, 말하기 싫다면 말하지 마시오. 대신 내가 그대를 끝까지 쫓아다녀도 군말하지 않기요. 알겠소?"

"···뭐라고요?"

"당신을 쫓아다닌다고 했소. 그쪽이 아름다워서가 아니라 조부님의 안위가 걱정되어 그런 것이니 거부해도 별수 없을 거요."

천태는 무혁이 절반은 자신에게 마음이 있어서 이러는 것임을 잘 알고 있었다.

'···이런 벼락 맞을 놈, 네 할아비에게 작업을··· 끄응, 어쩌면 본능일지도 모르지.'

자신의 젊은 시절을 꽤 많이 닮은 무혁은 여자만 보면 그저 수작을 못 걸어서 안달이 난 청년이었다.

영웅호색이라고 했던가?

무혁은 늙어서 죽을 때까지 이 여자 저 여자 다 건드리고 다녔는데, 아마 제대로 밝혀지지 않아서 그렇지 전 세계에 무혁의 자식들이 인종별로 있을 것이 분명했다.

천태는 무혁의 그런 바람기가 자신을 닮은 것 같아서 여간 씁쓸한 것이 아니었다.

'쩝, 누가 누구를 나무라겠나?'

그는 최소한 자신을 따라다니려는 무혁을 떼어내기로 마음먹었다.

슥슥슥.

치맛자락에 글귀를 적어 내려간 천태가 그것을 무혁에게 건넸다.

부우우우욱!

단숨에 치맛자락을 찢어 건넨 후 그는 유유히 사라졌고, 무혁은 신나서 그것을 받아 들었다.

"후후, 뭔가 풍류를 아는 아가씨로군!"

이윽고 무혁은 그 안에 있는 글을 읽어보곤 점점 똥 씹은 표정으로 변해갔다.

"……"

천태의 고육지책에 당해 버린 무혁은 더 이상 그에게 관심을 두지 않게 되었다.

태하는 도대체 저 안에 무엇이 적혀 있는지 궁금해졌다.

"어르신, 뭐라고 쓰신 겁니까?"

"비밀일세."

그는 고개를 갸웃거릴 수밖에 없었다. 하지만 태하는 더 이상 편지에 대해 묻지 않았다.

'그래, 저렇게 고개가 푹 숙여질 정도라면 대단한 글이었음이 분명하다. 묻어두자.'

천태는 태하에게 술을 권했다.

"제기랄, 술이 당기는군. 술이나 한잔하지."

"그러시죠."

세상천지에 손자에게 찝쩍거림을 당하고도 멀쩡할 사람이 있을까?

천태는 빈속에 마구 술을 들이붓기 시작했다.

*　　　*　　　*

메시나를 지나 사르데냐 섬을 거친 명화방의 배는 마르세유에 닿았다.

마르세유의 마시장에서 마차와 두 마리의 물소를 구매한 일행은 관도를 타고 몽블랑으로 향했다.

아마 몽블랑으로 가는 길목에서 이동 수단을 바꾸어야 하겠지만 그곳까지 가는 길엔 불편함이 없어야 한다는 것이 일행의 공통된 의견이었다.

마차 안에는 네 사람이 충분히 생활할 수 있는 공간이 마련되어 있었고, 생활공간 한편에는 교역품으로 사용될 향신료가 쌓여 있었다.

향신료는 때에 따라선 황금과 비슷한 값으로 팔리기도 하니 아마 그곳 영지에서 상당히 반가워할 것이 분명했다.

말고삐를 잡은 태하는 히우네와 도란도란 얘기를 나누고 있었다.

두 사람은 이번 일이 마무리되는 즉시 결혼식을 올리고 정식 부부가 되기로 했다.

비록 현실로 다시 돌아갈 수 없는 상황에서 결정된 것이긴 하지만 히우네를 향한 태하의 마음은 진심이었다.

그녀의 사람 됨됨이나 마음가짐이 태하의 마음을 확신으로 돌린 것이다.

손을 꼭 잡은 채 말을 몰던 두 사람의 앞에 검문소가 보인다.

"검문소? 갑자기 무슨 검문소람?"

"그러게 말이에요."

이곳은 관도에서 제법 벗어난 곳이라서 상인이나 군인이 별로 지나다니지 않는 곳이다.

그나마 여행을 다니는 젊은이나 성지를 찾아서 돌아다니는 신자들만 드문드문 모습을 보일 뿐이다.

태하는 마차를 세웠다.

"실례하오. 짐을 좀 봐도 되겠소?"

"그러십시오."

이미 명화방에서 만들어둔 신분을 가지고 있는 일행은 검문검색에서 문제될 만한 요소가 하나도 없었다.

병사들은 짐을 꼼꼼히 살핀 후 몽타주를 하나 건넸다.

"이런 사람을 보거든 병영에 신고해 주시오."

"누굽니까?"

"산도적의 두목이라고 하던데, 요즘 수탈이 꽤 심한 모양이오."

"그렇군요. 만약 목격하게 된다면 반드시 연락하겠습니다."

"그래주시오. 가는 길 조심하시구려."

"예, 고맙습니다."

몽타주를 받은 태하는 이 모습을 어디선가 많이 보았다 싶다.

"흐음, 어디서 보았더라?"

태하가 고민하고 있을 무렵, 카미엘이 말했다.

"천하마술단의 수뇌부인 미켈로이군."

"수뇌부?"

"천하마술단의 3인지였지. 아마 명화방과 천하마술단이 일전을 벌일 때 꽤 큰 역할을 했을 거야."

태하는 유난히도 긴 검을 들고 다니던 마법사를 떠올렸다.

"혹시 2미터의 장신을 말하는 건가?"

"그래, 맞아. 잔혹하고 성질이 더러워. 원래 산척 출신이었다는 것은 알았지만 이곳에서 활동했다는 것은 미처 몰랐군."

"으음, 그랬군."

카미엘은 두 사람을 처음 만난 때를 상기시켰다.

"처음 미켈로를 만났을 때엔 거의 다 죽어가는 시체 꼴이었어. 일레이나를 노예로 팔아먹으려다가 조직이 모두 불에 타 죽어버렸는데, 미켈로는 아주 운이 좋아서 간신히 살아남은 것이지."

"그럼 그 초주검이 되어서도 그녀를 따라다녔단 말이야?"

"놈은 일레이나가 강력한 마력을 갖게 된 것을 알아채고 그 힘에 반하여 맹목적인 경외심을 갖게 된 거야. 그것이 나중엔 와전되어서 일레이나에 대한 신앙심까지 만들어내게 된 것이지."

"신앙심이라……"

"이 세상의 모든 전쟁은 탐욕과 허영심에서 오는 것이지만, 그중에서도 단연 으뜸은 역시 신앙심이지. 신앙심은 전쟁을 광기로 물들이고 맹목적인 복수심과 자비 없는 살상으로 몰고 가게 되어 있어."

"그래, 신앙과 이념은 어쩌면 같은 맥락일지도……"

"맞아. 신앙과 이념은 글자만 다른 믿음이다. 믿음이 깨지는 순간 모든 것이 무너지지만 사람이 죽지 않는 이상 믿음이 깨질 일은 거의 없어."

카미엘은 미켈로가 악명을 떨치고 다닐 즈음, 두 사람이 만났다는 사실을 기억해 냈다.

"이쯤에서 두 갈래로 갈라지는 것이 좋겠어. 일레이나가 곧 폭주하여 마을 네 개를 불태우고 지명수배자가 될 것이야. 마법으로 인해 사람이 죽는 것은 옳지 않아. 애꿎은 사람들이 죽는 것은 막아야 한다."

"알겠어. 그럼 내가 천태 공과 히우네를 데리고 미켈로를 죽이러 가겠다. 네가 일레이나를 맡아줘."

"그러는 것이 좋겠군."

태하는 카미엘에게 마차를 주고 인근 마을에서 말을 구해 도적 떼를 찾아 떠나기로 했다.

*　　　　*　　　　*

늦은 밤, 깊은 산속 오막살이 소녀 일레이나가 바닥을 뚫고 지상으로 올라왔다.

콰앙!

그녀는 오두막의 지하에서 아주 신기한 기연을 만나게 되었다.

지금으로부터 100년 전, 차원의 틈을 뚫고 한 마법사가 지구로의 여행을 감행했다.

그의 이름은 브리엘튼, 유그라드 대륙 최고의 마법사이자 마법사의 돌을 만들어낸 마도학자였다.

이계대륙 유그라드는 고대 마도제국이 남긴 마법들이 과학을 문헌으로 남아 있었지만, 그것을 심도 있게 연구하는 사람은 그리 많지 않았다.

때문에 카미엘처럼 마법과 검술을 동시에 사용하는 사람은 천 년에 한 번도 보기 힘들 정도로 드물었다.

하지만 브리엘튼은 부족한 자료들을 전 대륙 곳곳에서 끌어모아 그것을 토대로 마도학을 완성하였다.

비록 그의 마법에 대해 인정해 주는 사람은 없었지만 브리엘튼은 언젠가 자신의 마법이 빛을 발하는 날이 반드시 올 것이라고 믿었다.

그러나 제자 카미엘과 함께 마도학의 발전에 힘을 쏟았지만 돌아오는 것은 핍박과 고난뿐이었다.

카미엘이 마법과 함께 검술을 익힌 것도 갖은 핍박에서 벗어나고자 하는 브리엘튼의 고육지책이었다.

결론적으로 보자면 카미엘은 불세출의 영웅이 되었지만 브리엘튼은 실패한 골방 철학자에 불과하였다.

그는 자신의 인생을 다시 개척하기 위해 결단을 내렸다.

자신의 심장에 있는 마력을 모두 쥐어짜 마법의 돌을 만들어낸 것이다.

마법의 돌은 술자의 생각을 실제로 옮겨내는 환영술의 일종인데, 인간의 생각을 삼차원에 구현해 내는 궁극의 마도학 무기이다.

마음만 먹는다면 대륙의 모든 사람을 죽이고 스스로 황제가 될 수도 있었지만, 그는 생각을 고쳐먹었다.

그는 새로운 세상에서 새로운 사람들과 함께 어울려 살면서 마도학이라는 학문을 인정받도록 만드는 것을 꿈꾸었다.

그리하여 유그라드에서 지구로 공간 이동을 해온 그는 이곳 오두막 아래에 지하실을 짓고 살았다.

하지만 지구라는 세상은 그리 호락호락하지 않았다.

처음 공간 이동을 했을 때 먹은 마음과는 달리 그는 근 100년 동안 사람은 찾아보지도 못한 채 살았다.

지구에 사는 사람들 역시 기이한 술법을 사용하는 이방인을 결코 받아들이지 못했고, 그는 괜히 돌팔매질만 맞다가 산골로 다시 쫓겨나기에 이르렀다.

그는 절망하였다.

이제는 다시 유그라드 대륙으로 돌아가는 것도 불가능했다. 두 개의 마법의 돌 중에 하나를 제자 카미엘에게 주고 남은 하나를 자신이 가지고 왔기 때문이다.

브리엘튼은 아무도 모르게 홀로 죽음을 맞이하기 위해 지하를 선택했고, 그 안에 호화로운 방을 지어놓고 눈을 감았다.

그는 방 안에 자신이 평생 연구하던 것들을 책으로 엮어 기록해 두었는데, 일레이나가 그중에 한 권을 읽은 것이다.

그녀는 아주 적은 마력으로도 사람을 대량 살상할 수 있는 방안에 대해서 깨닫게 되었다.

마력의 폭주를 아주 교묘하게 이용하면 마나의 증폭 효과를 얻을 수 있는데, 그녀는 5년 만에 그 방법을 터득하여 실제로 사용할 수 있는 경지에 오른 것이다.

이제는 성인이 된 일레이나는 지하실에서 나와 오막살이를 정리하였다.

"도시로 나가는 거야. 그곳에서 새로운 삶을 살아가는 거야."

지금 그녀에게 남은 것은 아무것도 없었지만 어차피 새로운 인생을 살아가는 것이라면 차라리 신분이 없는 편이 낫겠다고 생각했다.

그녀는 산을 내려와 프랑스 서부의 작은 마을 샹투아루로 향했다.

　　　　　*　　　　　　*　　　　　　*

　프랑스와 스위스 등을 잇는 알프스산맥에서 내려온 태하는 도적들이 들끓는다고 악명 높은 곳만 일부러 골라서 다니는 중이다.

　혹시 이런 악명 높은 곳을 찾아다니면 산적 미켈로를 만날 수 있지 않을까 하는 생각이 들었기 때문이다.

　하지만 자칭 산적들의 왕이라고 떠들고 다니는 미켈로이니만큼 눈앞에서 그를 맞닥뜨리는 것은 그리 쉬운 일이 아니었다.

　태하는 불과 일주일 사이에 20개가 넘는 산채를 무너뜨렸지만, 미켈로에 대한 얘기는 한마디도 나오지 않았다.

　서리가 하얗게 내려앉은 혼느강 인근 산채에 쳐들어간 태하는 그곳에 있던 산적들을 모두 쳐죽이고 두목을 사로잡았다.

　"산적왕 미켈로를 찾고 있다."

　"나, 나는 모른다! 미켈로라니, 그런 이상한 이름은 들어본 적이 없단 말이다!"

　"…이놈이 정말 순순히 죽기 싫은 모양이구나!"

　태하는 그의 하복부에 천천히 진기를 불어넣기 시작하였다.

　스스스스스!

그러자 그의 전립선이 마구 부풀어 오르면서 산적 두목의 얼굴이 노랗게 질려갔다.

"어, 어어……."

"앞으로 오줌을 못 눠서 말라 죽게 될 것이다. 아마 네 물건도 까맣게 시들어 잘려 나가겠지."

"뭐, 뭐야?!"

실제로 태하의 내력이 점점 더 짙게 들어갈수록 그의 아랫도리는 까맣게 물들어 가고 있었다.

이제 그는 마음이 다급해져 억만금이라도 기꺼이 내놓을 기세였다.

"사, 살려주십시오!"

"그러니 미켈로에 대해 말해. 그럼 살려줄게."

"하, 하지만 그놈에 대해서 발설했다간 저는 죽습니다!"

"걱정할 필요 없다. 내가 미켈로의 목을 따버릴 테니."

"……!"

그는 태하 혼자서 100명이 넘는 산적을 아주 손쉽게 해치우는 것을 똑똑히 목격하였다.

아마 미켈로의 목을 딴다는 것이 허풍이 아니라는 것쯤은 익히 알고 있을 것이다.

"결정해라. 이대로 남자구실도 못한 채 죽어갈 것이냐, 아니면 미켈로가 사라진 이곳에서 마음껏 활보하면서 살아볼 테냐?"

"당신을 따르겠습니다."

"진즉 그럴 것이지."

태하는 자신의 주머니에 있던 세계지도를 펼쳐 산적 두목에게 보여주었다.

"산적이니 지형을 보면 위치를 짚어낼 수 있다고 생각한다. 맞나?"

"대충은……."

"어디냐?"

그는 제네바 인근의 산골 마을을 짚어냈다.

"이곳입니다."

"확실해?"

"물론입니다! 제가 지금 뭐하러 거짓을 고하겠습니까?"

"좋아, 그렇다면 그곳까지 우리와 함께 동행한다. 그곳에 갔다가 미켈로가 없다면 네놈은 평생 고자로 살아가게 될 것이다."

"흑흑, 살려주십시오."

"가자. 이곳에서 머뭇거리면 정말 죽일 것이다."

"예……."

태하 일행은 산적 두목을 앞세워 제네바로 향했다.

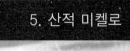
5. 산적 미켈로

　프랑스 메줴브 인근의 작은 마을 샹투아르는 향후 50년 안에 불에 타 전손되는 마을이다.

　역사서에도 등장하지 않는 샹투아르는 천하마술단의 대모 일레이나에 의해 전손되어 흔적도 없이 사라져 버렸다.

　뿐만 아니라 샹투아르 근방 세 개의 마을이 그녀에 의해 불타 없어졌으며, 그때 죽은 사람의 숫자만 해도 무려 천여 명에 이르렀다.

　이렇게 엄청난 학살을 자행한 그녀였지만 아직까지 날카로운 이빨을 드러내지 않았으니 겉보기엔 그저 아름다운 여인으로밖에 보이지 않았다.

카미엘은 멀리서 시장을 구경하고 있는 그녀를 바라보았다.

"만약 차원의 틈이 깨어지지 않아 그녀가 마력의 영향을 받지 않았다면 어떻게 살고 있을까?"

"아마 평범한 노예로 살다가 죽지 않았겠소?"

"평범한 노예라······."

"노비의 삶이라는 것이 어쩌면 여자의 인생과 많이 닮았소. 주인을 잘 만나면 팔자가 피는 것이고 악독한 영주를 만나면 평생 고생만 하다가 죽는 것이지."

"그렇다면 그녀는 후자가 되었겠군."

"어쩌면 그녀는 우리의 예상보다 더 힘든 세월을 살다가 죽었을 수도 있소. 이것은 어쩌면 그녀의 운명인지도 모르지."

일레이나와 수백 년의 세월을 함께해 온 카미엘로선 그녀에 대한 정이 하나도 없다고 할 수 없었다.

만약 그녀에 대한 정이 없었다면 지금쯤 가볍게 목숨을 취하여 일을 마무리해 버렸을지도 모른다.

하지만 그는 그렇게 하지 않았다.

"시간의 역류에 걸리지 않은 채 평범한 여자로 살아갈 수 있다면 모진 세상에 하나의 선물이 될 수도 있겠지."

"그렇소. 당신이나 미래의 그녀에게나 모두 다 좋은 일이오. 여자로서의 인생을 마음껏 누릴 수 있잖소."

"그래."

카미엘은 싱그러운 그녀의 미소를 바라보았다.

시장의 상인들은 유난히도 아름다운 그녀에게 관심이 많아서 이것저것 덤을 주거나 괜히 말을 거는 경우가 많았다.

그녀는 귀찮은 내색 하나 없이 그들의 관심에 일일이 화답하며 시장을 구경하고 있었다.

'그래, 저런 성품이라면 앞날을 기대해 볼 만하겠어.'

카미엘은 시장을 둘러보고 있는 그녀에게로 다가갔다.

"안녕하시오?"

"누구신가요?"

"동방에서 온 카미엘이라고 하오. 이쪽은 천화희라고 하고 저쪽은 설화진이라고 하오. 모두 상인이지."

"반갑습니다. 천화희입니다."

"화진이라고 하오."

그녀는 처음 보는 사람들이 말을 걸어서 그런지 미소를 짓고 있음에도 눈빛에는 경계심이 가득했다.

천하랑은 넉살 좋은 웃음을 지으며 말했다.

"하, 호호! 우리는 그저 낭자… 아니지, 아가씨에게 관심이 있어서 찾아온 것뿐입니다.

"관심이요?"

"우리 역시 초행길인데 같이 시장을 둘러보고 좋은 물건이

있으면 그에 대한 생각을 좀 교환하면 어떨까 합니다. 같이 밥
도 먹고요."

"으음······."

천하랑은 자신이 여자인 척(?) 연기하는 것이 어색하여 그
녀가 경계심을 풀지 않는다고 생각했다.

어색하게 웃고 있는 천하랑의 옆으로 설화령이 다가왔다.

"하하, 천 낭자의 말대로 우리는 이곳이 초행입니다. 우리도
이곳은 처음이라 막막하고 낯선데, 막상 현지인과 말을 섞으
려니 부담이 이만저만 아니었습니다. 그래서 혹시 초행길이라
도 이곳 사람과 비슷하게 생긴 당신이 함께한다면 부담이 좀
덜할까 싶어서 찾아온 겁니다."

"제가 초행길이라는 것은 어찌 아셨지요?"

"죄송한 말씀입니다만, 아까 상인들과 하는 얘기를 스치듯
엿들었습니다. 결례가 되었다면 용서해 주시지요."

설화령은 특유의 부드러운 화법과 상냥함으로 그녀에게 접
근하였고, 일레이나는 금세 기분을 풀었다.

"그런 접근이라면 언제든 환영이에요."

"하하, 아가씨는 얼굴만큼이나 성격도 좋군요!"

"···별말씀을요."

설화령의 칭찬 한마디에 얼굴이 붉어지는 일레이나를 보고
있자니 기분이 묘해지는 천하랑이다.

그녀는 일레이나의 팔에 팔짱을 끼었다.

"그럼 함께 가볼까요? 아까 이곳으로 오면서 보니 좋은 옷감이 많더군요. 예쁜 장신구도 꽤 있고요."

"어머나, 남자가 그런 것에도 관심이 있나요?"

"남자라고 매일 술이나 퍼마시면서 살 수 있나요? 섬세하지 못한 남자는 매력이 떨어지죠."

"호호, 재미있는 분이시네요."

"고맙습니다."

천하랑은 꼭 들으라고 하는 말 같아서 뜨끔하긴 했지만 이내 평정심을 찾았다.

"오, 오호호! 가, 같이 가요! 제가 원래 선머슴 같아서 이런 쪽은 잘 몰라요. 그러니 언니, 오빠께서 좀 잘 알려주세요."

"그럼 그럴까요?"

역시 여자는 여자가 잘 안다고, 설화령이 대화의 물꼬를 틔우고 나니 나머지는 일사천리로 진행되었다.

카미엘은 만약 이대로라면 굳이 전투를 벌이거나 그녀를 억압하여 마력을 봉인하지 않아도 될 것 같다는 느낌이 들었다.

'어쩌면 일이 쉽게 풀릴 수도 있겠군.'

그는 묵묵히 일행의 뒤를 따랐다.

　　　　　*　　　　*　　　　*

　늦은 밤, 일레이나는 천하랑 부부와 함께 술잔을 기울이고 있었다.

　태어나 처음으로 술을 마셔본다는 일레이나는 맥주를 마시자마자 그 풍미에 반하여 벌써 넉 잔째 연거푸 들이켜는 중이다.

　꿀꺽, 꿀꺽!

　"으후, 좋네요!"

　"처음 마신다는 술치곤 꽤 마시네요. 이 아가씨, 원래 주당인데 주량을 숨기는 것 아닌가?"

　"에이, 화희 너도 참. 저는 정말 산골에서만 살아서 술이라곤 입에 댄 적도 없다고. 더군다나 나 같은 노예에게 누가 술을 주겠어? 사람 취급도 못 받으면서 살았는걸."

　천하랑은 그녀가 스스로를 노예라고 지칭하기에 조금 격앙된 목소리를 냈다.

　"…천하에 평등하지 않은 사람도 있나? 누구는 금수저를 물고 태어나고 누구는 노예 낙인이라도 달고 태어난다고 하던가?"

　"그래, 인간은 원래 평등했을 테지. 하지만 지금은 아니야. 네가 세상을 조금 더 겪어본다면 그런 소리가 안 나오겠지."

아마 세상을 겪은 것으로 따진다면 그녀보다야 훨씬 더 많이 겪어봤을 천하랑이지만 지금은 그저 행상을 따라온 철부지 소녀일 뿐이다.

더 이상 어떤 말도 할 수 없는 그를 대신하여 설화령이 말을 이어나갔다.

"그래, 지금의 세상은 평등하지 않아. 그렇지만 한 번 노예가 죽을 때까지 노예라는 법은 없어. 사람의 앞날은 어떻게 될지 아무도 모르는 법이거든. 노예로 살다가 재상이 된 사람도 있고 왕이 된 사람도 있어."

"그런 사람이 있었나요?"

"물론이지. 그는 재상이 되어 어렵던 자신의 삶을 되돌아보며 궁핍한 사람들을 돌보아주며 살았어. 그래서 지금 그 나라에 가면 왕보다 그의 이름을 더 먼저 떠올리곤 해."

"우와, 그런 일이……."

설화령은 인생을 살면서 수많은 상처와 마주했을 그녀가 폭주하여 수많은 사람을 죽였다는 것이 이해가 되었다.

이렇게 암흑으로 가득 찬 인생을 살아왔다면 어떤 식으로든 그 분노가 표출되었을 것이 분명했다.

만약 이 상태에서 핍박을 받아 억울하게 죽을 뻔했다면 마을 네 개가 불타고도 남을 것 같았다.

'아픔이 있다. 이 아픔을 치료해 줘야 해.'

설화령은 그녀에게 넌지시 물었다.

"혹시 일레이나는 부모님이 살아 계셨으면 좋았겠다고 생각한 적 없어?"

"…있죠."

그녀는 그늘진 얼굴로 말했다.

"이 세상에 나 홀로 남겨진다는 것은 아주 끔찍한 일이에요. 아무도 없이 혼자서 이 험한 세상을 헤쳐 나간다고 생각해 봐요, 얼마나 막막할지 상상이 가세요?"

"그래, 이 세상에 철저히 혼자 남겨진다는 것은 힘든 일이지."

"…이제 다 커서 부모님의 곁에서 분가해야 할 나이가 되었지만 엄마는 보고 싶어요. 그게 사람 아닌가요?"

"맞아. 네 말이 맞아."

설화령은 슬며시 고개를 돌려 카미엘을 바라보았다.

그는 결심한 듯이 말했다.

"그렇다면 내가 부모님을 만들어줄 수도 있어."

"부모님을?"

"물론 당신의 생부와 생모는 아니지. 하지만 최소한 당신이 이 험한 세상을 홀로 살아가게 내버려 둘 분들은 아니야."

"양부모님을 만들어주신다는 건가요?"

"그래, 맞아. 친부모보다 가깝다는 생각은 들지 않겠지. 이렇게 장성해서 그분들을 만나게 되었으니 말이야. 하지만 꼭 낳은 정만 있는 것은 아니야. 기른 정, 무엇보다도 가족이 되었다는 온전한 믿음이 중요한 것이지."

"……."

"한번 잘 생각해 봐. 그분들도 당신만큼 외롭고 고독한 사람들이니."

그녀는 카미엘의 제안에 의구심을 품었다.

"왜 하필이면 나인가요? 동방에서 이곳까지 왔을 정도면 꽤 많은 사람을 만났을 텐데 말이죠."

"그분들만큼 사무치는 외로움을 느낀 사람들을 만나보지 못했거든."

카미엘은 그녀의 마음에 깊게 자리 잡은 외로움이 결코 작지 않다고 생각했다.

"세상은 아주 험악해. 그 무엇보다 모든 사람에게 평등하게 행복이라는 특권을 나누어주지 않았지. 그래, 행복은 특권이야. 누구나 누릴 수 없는 것이니까."

"…내가 지금 행복하지 않다는 것을 알고 있다는 건가요?"

"처음부터 그런 사실을 알면 나는 신이야. 하지만 나는 신이 아니야. 그냥 당신의 살아온 날들에 대해 듣다 보니 그런 생각이 들었을 뿐이지."

"음……."

"내키지 않으면 가지 않아도 괜찮아. 하지만 사람이 행복해질 수 있는 기회는 아주 드물어. 그걸 잘 알았으면 좋겠어."

"……."

카미엘은 그녀에게 영국으로의 여행을 제안했다.

"만약 관심이 있다면 양녀가 되기 전에 일단 그분들을 만나보자. 그리고 난 후에 결정해도 늦지 않으니."

"…그래도 될까요? 이게 무슨 물건을 고르는 문제도 아니고."

"물건을 고르는 문제가 아니니 일단 만나서 대면을 해본 이후에 결정하라는 거야. 이 세상은 본인의 눈으로 보지 않으면 믿기지 않는 일들이 꽤 많으니까."

그녀는 살며시 고개를 끄덕였다.

"당신들이 나를 도와줄 수 있다면 그 도움을 받겠어요."

"도움이라… 그래, 어찌 보면 도움이라 볼 수도 있겠지. 하지만 나에게도 그분들에게 양녀나 양자를 만들어 드려야 할 의무가 있다. 그러니 당신이 나를 돕는 것이라고 볼 수도 있어."

"그렇다면 우리는 서로 도움을 주는 사이인 것이군요?"

"당신의 말이 맞아. 우리는 서로 도움을 주고받는 사이야."

두 사람 사이에 뭔가 찌릿한 감정이 통한 것 같았다.

"…저……."

하지만 카미엘은 그 즉시 자리에서 일어섰다.

"이만 들어가야겠어. 술이 취하는군."

"…그래요."

미묘한 기류가 흐르기 전에 자리를 뜬 카미엘 덕분에 남은 세 사람은 어색한 표정으로 이곳에 남아 있었다.

"아, 아하하, 술이나 한잔 더……."

"나도 들어갈게요."

"그래요."

결국 자리가 파장하였지만 두 부부는 남아서 술잔을 마저 기울였다.

"뭐, 사람이 없으면 어때? 우리가 함께 있는데."

"맞아요."

두 사람은 계속해서 잔을 비워 나갔다.

*　　　*　　　*

레만호 인근 산골 마을 브란틀라로 태하 일행이 도착했다.

그는 거지꼴로 말안장 위에 앉아 있는 산적 두목 하켄을 바라보며 물었다.

"이곳이 확실해?"

"그, 그렇습니다! 브란틀라라는 마을은 이 근방에서 50년 넘게 산 토박이에게 물어봐도 모른다고 할 겁니다."

"그렇단 말이지?"

"예!"

확실히 유럽을 자주 다닌 태하 역시 브란틀라라는 마을은 들어본 적이 한 번도 없었다.

특히나 제네바에 비즈니스 활동을 자주 왔던 태하는 이 근방에 대해 꽤 잘 알고 있다고 자신하였다.

그런 그가 브란틀라라는 마을을 못 들어봤다는 것은 확실히 이상한 일이긴 했다.

하지만 아직까지 이곳이 산적 마을이라는 확신은 가질 수 없었다.

이 세상에는 생겼다 사라지고 없어졌다가도 다시 생기는 지명이 한둘이 아니기 때문이다.

태하는 계속해서 그를 잡아둔 채 브란틀라 마을 중심가로 향했다.

마을에는 알프스 소녀 하이디가 살 것만 같은 예쁘고 아기자기한 모습의 집과 건물들이 줄을 지어 늘어서 있었다.

하지만 이상한 것은 마을의 중심가까지 나왔음에도 불구하고 사람 한 명 찾아볼 수가 없었다.

"…이상한데?"

"아마 약탈을 나간 모양입니다. 듣기론 이 마을에는 도적과 여자만 있고 노인과 아이들은 일찌감치 죽이거나 노예로 팔아버린다고 했습니다."

"필요가 없는 인원은 수용하지 않고 곧장 없애 버리는 모양이군. 하긴 그래야 하나라도 입을 덜 수 있을 테니."

태하는 눈에 보이는 집들 중에서 가장 가까운 곳의 문을 두드렸다.

똑똑똑!

그러자 안에서 헐벗은 여인 한 명이 걸어나왔다.

"…누구세요?"

"실례지만 말 좀 물읍시다."

그녀는 태하를 위아래로 훑어보더니 이내 실소를 흘렸다.

"후후, 보아하니 여행객 같은데, 길을 잃은 모양이지요? 그렇다면 재수 옴 붙었네요."

"뭐요?"

"이곳은 도적들의 마을이에요. 잘못하면 목이 달아날 테니 선처를 베풀 때 도망쳐요."

"도적이라……."

"아아, 물론 가진 돈은 다 내놓고 가요. 목숨을 살려주었는데 그냥 돌려보낼 수는 없잖아요?"

도적의 여자로 살아서 그런지 그녀는 태하에게 다짜고짜 돈을 요구하였지만 그는 신경도 쓰지 않았다.

　그에게 중요한 것은 이곳의 두목을 잡아 족치는 일이었기 때문이다.

　"미안하지만 나는 돌아갈 생각이 전혀 없어요."

　"호호, 미쳤군요? 산 채로 살가죽이 벗겨지고 싶어요?"

　"그건 사양입니다만, 돌아갈 수는 없어요. 미켈로라는 개자식을 죽여야 하거든요."

　"…누구요?"

　"미켈로요. 산채의 두목이라고 하던데?"

　미켈로의 이름을 들은 그녀는 태하를 밀치고 나와 마을 중앙으로 향했다.

　"비켜!"

　퍽!

　"……."

　그녀는 마을 중앙까지 무작정 달리면서 외쳤다.

　"적이 출몰했다! 우리 마을에 적이 나타났다!"

　잠시 후, 마을 곳곳에서 도적들이 하나씩 모습을 드러내기 시작했다.

　"어떤 개자식이 우리 산채에 도전장을 냈나?!"

　"크하하하! 적이라면 환영이지! 요즘은 사람 고기 처먹는 미친놈도 꽤 많거든! 고기거리 네 마리, 이 정도면 호황이군!"

스릉!

마을이 조용하던 것은 도적들이 대낮부터 집에 들어앉아 계집질에 술을 퍼마시고 있었기 때문이다.

만약 그들이 한군데에 모여 생활하는 타입이었다면 태하는 이곳이 산적 마을이라고 단숨에 알아챘을 것이다.

"이제 보니 구석탱이에 처박혀 술이나 퍼마시고 있던 모양이구나. 역시 불한당들은 뭐가 달라도 달라."

"낄낄낄, 곧 죽을 놈이 말이 많군."

태하는 천검진을 발동시켰다.

스스스스스!

이미 무형경에 이른 태하이기에 실제 검이 뽑혀서 나오는 것이 아니라 무형의 기운이 맹렬한 기세로 진을 이루고 있을 뿐이다.

끼이이이잉!

무공에 대해서 아는 사람이라면 감탄사를 연신 내뱉었겠지만 무공의 무 자도 모르는 무식한 산적들이 보기엔 태하가 그저 미친놈으로 보였다.

"죽이자! 죽여서 내장을 꺼내자!"

"놈, 옆에 계집을 둘씩이나 끼고 있다니… 마음에 들지 않는다! 죽여서 목을 잘라야겠어!"

"와하하! 여자가 둘씩이나 있으니 돌려서 먹는 맛이 있겠군!"

천태는 이들의 질이 너무 좋지 않아 어쩔 수 없이 살상을 저질러야 함을 절감하였다.

"김 대협, 아무래도 이놈들을 다 쳐죽이는 편이 좋겠어."

"제 생각도 그렇습니다."

가만히 눈을 감은 천태는 자신의 몸속에 축적되어 있는 내가진기를 한꺼번에 폭발시켰다.

고오오오오오!

콰앙!

그러자 무형의 화살이 비처럼 쏟아지며 산적들을 무참히 도륙내기 시작했다.

퍽퍽퍽퍽!

"크허어억!"

"이, 이게 뭐야?! 화살이 보이지 않아?!"

"제기랄! 저놈들, 괴물들이다! 전부 다 튀어나오라고 해!"

땡땡땡!

천태의 무지막지한 일격에 맞은 산적들은 그제야 정신을 차렸는지 산채 전체에 비상을 걸었다.

그러자 마을 후방에서부터 말발굽 소리가 들려오기 시작했다.

두구두구두구!

말을 탄 산적들의 선두에는 거대한 장검을 어깨에 짊어진
사내가 서 있었다.

"…감히 이 미켈로의 산채에 도전장을 내밀다니 배짱이 두
둑하구나!"

"오호라, 저놈이 바로 미켈로인지 나발인지 하는 놈인 모양
이군."

"예, 어르신."

"관상을 보아하니 옳은 일을 하기엔 글러먹었군. 그래, 마적
두목이 되려면 저 정도는 되어야지."

미켈로는 아리따운 얼굴을 하고 자꾸 노인의 말투를 쓰는
천태를 바라보며 기분 나쁜 웃음을 지었다.

"크흐흐, 노인의 말투를 쓰는 여자라… 그래, 막상 다리를
벌렸을 때엔 어떻게 울어댈지 참으로 궁금하군."

"…뭐라?"

순간, 태하는 히우네의 손을 잡았다.

"어서 피하는 것이 좋겠어요."

"그래요."

태하는 천태에게 자신과 히우네의 후퇴를 고하였다.

"어르신, 저희들은 이만……."

"…후방으로 가 있게."

"예."

두 사람이 후방으로 빠지자 천태는 본격적으로 이들을 요리하기로 했다.

스르르릉!

천태는 무형경의 경지에 올랐음에도 불구하고 검을 뽑아들었다.

화르르르르륵!

퍼엉!

엄청난 화염을 토해내며 검집에서 나온 화열검은 벌써부터 주변의 공기를 불태우며 그 뜨거운 아가리를 벌렸다.

고오오오오!

"오늘 단체로 화장을 시켜주마. 아마 뒤처리를 하지 않아도 되니 오히려 죽고 나서도 나에게 감사하게 될 것이다."

"…저년, 아무래도 보통이 아닌 것 같은데?"

미켈로는 역시 산채의 두령답게 가장 먼저 말을 타고 돌격하였다.

"미친년, 그런다고 달라지는 것이 있을 것 같으냐?! 오늘 아주 물고를 내주마! 크흐흐흐흐!"

"…미친개에겐 매가 약이다. 하지만 그보다 더 좋은 것은 팽이지."

천태는 화열검을 일자로 찔러 넣었다.

슈웅!

"무간수!"

무간지옥의 불길처럼 맹렬하고 지독한 진기가 일자로 뻗어 나가면서 미켈로의 가슴을 관통하였다.

퍼억!

그러자 그의 몸이 검은색 불길에 휩싸이며 아주 고통스럽게 불타기 시작했다.

츠츠츠츠츠츠!

"끄아아아악! 사, 살려줘!"

"심장이 녹아서 죽고 말 것이다. 아마 그때까지 이어질 고통은 이루 말로 설명할 수도 없겠지."

순간, 산채의 모든 도적들이 하나둘 병장기를 떨구기 시작했다.

쨍그랑!

"괴, 괴물이다! 저년은 괴물이야!"

"도망쳐!"

"…이미 늦었다! 네놈들이 이렇게 지독한 악인이라는 것을 알았으니 그냥 보낼 수 없다! 최소한 불구를 만들어서 다시는 도적질을 할 수 없도록 만들어주마!"

천태는 민생의 등골을 빼먹는 도적들을 한 방에 정리할 생각이다.

그는 다시 한 번 진기의 폭발을 일으켰다.

"흠!"

콰앙!

그러자 그의 몸에서 뿜어져 나온 수백 개의 진기가 톱니바퀴의 형태로 변하여 주변의 살아 있는 모든 것을 도륙하기 시작하였다.

촤르르르르륵!

"끄아아아악!"

"사, 사람 살려!"

천태가 손속을 두지 않으니 산채는 순식간에 아수라장으로 변해 버렸고, 태하와 히우네는 고개를 돌려 그 광경을 외면하였다.

*　　　*　　　*

천태 일행은 생각보다 더 간단하게 임무를 완수하고 카미엘 일행에게 기별을 보냈다.

때마침 일레이나를 동행으로 참여시킨 카미엘은 다시 마르세유로 모여 영국으로 돌아가자는 기별을 회신시켰다.

전서구를 받자마자 말을 달린 태하 일행은 거의 비슷한 시기에 카미엘 일행과 합류할 수 있었다.

태하는 앳된 모습의 일레이나를 바라보며 인사를 건넸다.

"반갑습니다. 우리와 함께 영국으로 가신다고요?"

"예, 그렇게 되었네요."

"기왕지사 가는 김에 좋은 소식이 있었으면 좋겠습니다."

"저도 그렇게 생각해요."

이제 천하마술단을 부흥시킬 세력은 일레이나 한 명뿐이고 그녀만 정리하면 모든 것이 제자리로 돌아오게 될 것이다.

태하는 완력으로 그녀를 제압할 것이라고 생각했지만 카미엘은 의외로 그녀를 인간적으로 다루고 있었다.

아마 그녀가 미래에 저지른 과오가 마음속 상처라는 것을 깨닫곤 크게 느낀 바가 있는 것 같았다.

일레이나는 영국으로 간다는 것보다 새로운 부모를 가질 수도 있다는 생각에 신이 난 것처럼 보였다.

"그분들은 어떤 사람들인가요?"

"영국에서 정보 장사를 합니다. 비록 고관대작의 집은 아니지만 나름대로 유서도 깊고 재산도 꽤 많습니다. 다만 중년이 넘어서까지 아이를 갖지 못해서 고민이 깊지요. 아마 그들에게 자식은 하늘의 선물과도 같을 겁니다."

"으음."

"그들은 자신보다 낮은 곳에 있는 시종들에게도 관대하게 대하며 갑을 관계를 유지해 왔습니다. 더군다나 노예 자체를 그리 달갑게 여기지 않으니 집안에서 돈을 받지 않고 일하는 사람은 찾아볼 수 없습니다."

"노예가 없다고요?"

"엑트린 가문은 노예를 휘하에 두지 않았습니다. 만약 그런 사정이 있는 사람이라면 돈을 주고 사람을 사서 시종으로 두면서 천천히 돈을 갚도록 했습니다. 제아무리 지하 세계에서 일하는 사람들이라고 해도 청렴과 결백이 철칙인 집안입니다. 그들의 고결함은 주변 마을 사람들까지 전부 다 알 정도이지요."

그녀는 다른 것보다도 노예를 부리지 않는다는 것에 큰 감흥을 보였다.

"어서 만나보고 싶어요."

"아마 후회하지 않으실 겁니다. 그렇지 않아, 카미엘?"

카미엘은 어색하게 웃었다.

"…그래, 물론이지. 그분들을 만나고 나서도 외롭다고 느낀다면 그건 그분들과 이념이 다르기 때문일 것이다. 하지만 그런 걱정은 할 필요 없다. 그분들과 함께하면 이념이고 나발이고 다 필요 없다는 것을 깨닫게 될 테니."

미래의 기억을 전부 다 가지고 있던 카미엘에게 엑트린 부부는 아프면서도 아름다운 기억이었다.

그는 이제 자신 대신에 효도할 딸을 만들어 드리고 죽은 듯이 살 생각인 것이다.

'아버지, 어머니, 아들이 갑니다.'

하지만 딸을 만들어 드리려는 카미엘의 눈동자에는 깊은 슬픔이 묻어났다.

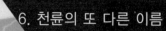
6. 천륜의 또 다른 이름

  영국 웰리튼에 위치한 엑트린 가문의 저택으로 명화방의
마차가 들어왔다.

  다그닥, 다그닥!

  나르서스 엑트린은 천태의 친필 서신을 가진 태하를 아주
반갑게 맞이했다.

  "안녕하십니까? 천태 공의 서신을 잘 받았습니다."

  "김태하라고 합니다."

  "나르서스 엑트린입니다."

  그는 일행 중에서 누가 자신의 딸 후보인지 궁금했지만 꾹

참고 태하에게만 집중하는 모습을 보였다.

아마 지금 설레발을 쳐서 일을 그르치면 어쩌나 노심초사하는 것 같았다.

나르서스는 아주 대담한 성격에 심기가 굳건한 사람이지만 자식에 대한 일에서만큼은 그렇지 못했다.

이 세상의 모든 부모들이 그러하겠지만 나르서스는 카미엘이 양자로 들어왔을 때에도 지금과 같은 반응을 보였다.

그가 폐인처럼 아무것도 하지 못한 채 똥오줌이나 싸고 돌아다닐 때에도 행여나 건강에 이상이 생기면 어쩌나 하고 노심초사하며 지냈다.

그것은 아내와 자신이 이루지 못한 자식에 대한 꿈이 다시 한 번 깨어지면 어쩌나 하는 조바심에서 나오는 것이었다.

일이야 어찌 되었든 간에 나르서스는 여느 아버지들처럼 고결하고 순수하게 희생하면서 카미엘을 키워냈다.

카미엘은 아마 일레이나가 기억을 잃는다고 해도 그들이 충분히 잘 키워줄 것이라고 믿었다.

나르서스는 일행을 저택 안으로 안내하였다.

"들어가시죠. 안 그래도 아내가 기다리고 있습니다. 손님들이 오신다고 하여 음식을 잔뜩 준비하고 설레는 마음으로 앉아 있지요."

"하하, 그러실 필요는 없는데 말입니다."

"그래도 손님을 소홀히 대접하면 쓰겠습니까? 그것은 우리 가문의 수치이기도 합니다."

"그렇군요."

카미엘은 나르서스의 이 접대 멘트가 아주 그리웠다.

'여전하시군.'

손님이 올 때마다 으레 내뱉곤 하던 나르서스의 이 말은 카미엘 역시 고스란히 닮아 자주 사용하곤 했다.

비록 예전엔 기억을 모두 잃어 아무것도 기억이 나지 않았지만 그 기억을 전부 다 되찾고 난 이후엔 계속해서 아버지가 보고 싶던 카미엘이다.

태하는 계속 심란한 표정으로 일관하는 카미엘의 어깨를 두드려 주었다.

"그 마음 나도 알 것 같아. 하지만 우리가 해야 할 일이 있지 않나?"

"…알고 있어. 그대들만 희생한 것은 아니다. 나도 아버지를 잃는 고통을 감수하기로 한 거야. 그러니 너무 마음 쓸 필요 없어."

"씩씩해서 좋군."

"후후, 내가 씩씩하지 않으면 어찌 되겠나?"

카미엘은 애써 웃음을 짓고 있었지만 태하는 그 웃음 뒤로 아주 깊은 슬픔이 묻어 있다는 것을 잘 알고 있었다.

아버지를 잃어본 사람으로서 그에게서 동병상련의 느낌을
받고 있었다.

＊　　　　＊　　　　＊

그날 저녁, 엑트린 가 저택에선 조촐한 파티가 열렸다.

돼지 두 마리와 칠면조 네 마리를 잡아 요리를 완성한 세실
리아는 마을 사람들을 집으로 초대하여 골고루 음식을 나누
어주었다.

고기를 제외하고도 꽤 많은 빵과 수프를 끓여둔 세실리아
는 배가 터지게 먹지는 못해도 그날 저녁의 끼니는 충분히 해
결할 수 있도록 해주었다.

원래 밖으로 잘 나돌아 다니지 않는 성격의 세실리아이지
만 이따금 기쁜 일이 있을 때마다 음식을 나누어주곤 했다.

물론 음식을 나누어주는 것 말고는 술을 마시거나 춤을 추
는 등의 행위는 절대로 하지 않았다.

그녀는 아주 차분하고도 정갈한 분위기 속에서 음식을 나
누어주고 사람들을 돌려보냈다.

하지만 조금 특이한 것이 있다면 저택의 주인인 세실리아가
시녀들과 함께 직접 요리를 하고 뒤처리도 함께했다는 것이
다.

그녀는 그저 묵묵히 일하는 스타일이라서 집사가 하는 일에 감 놔라 대추 놔라 하는 일이 없었다.

때문에 시녀들은 일하는 내내 그녀의 눈치를 보지도 않았고 오히려 상당히 즐거운 마음으로 시간을 보냈다.

돌아가는 길에 자신들이 만든 음식까지 한가득 가지고 가니 시녀들의 입장에선 꽤 괜찮은 파티였다고 볼 수 있었다.

엑트린 가문은 마을 사람들에게 나누어주고 남은 음식들로 한 상을 차려냈다.

세실리아는 태하 일행에게 먼저 양해를 구했다.

"우리 가문의 전통이 사람들에게 먼저 음식을 나누어준 후에 먹는 것이라 남는 음식을 먹는 것 같다는 생각이 들 수도 있겠네요."

"아닙니다. 좋은 음식은 서로 나누는 데 의미가 있는 것, 남는 음식을 먹는 것이라는 생각은 들지 않습니다. 그런 생각이 드는 사람이 있다면 나누는 기쁨을 모르는 사람이니 그렇겠지요."

"이해해 주셔서 고맙습니다."

"별말씀을요."

일레이나는 엑트린 가문이 자신이 살던 영지와는 천지 차이라는 것을 절감하였다.

영주는 사람을 파리 목숨처럼 여기는 불한당이라서 사람이 죽든 말든 신경도 안 쓸 뿐더러 잔치를 벌이고 남은 음식은 거의 찌꺼기뿐이라서 시종들은 쓰레기만 주워 먹고 살았다.

자신의 것을 절대로 남에게 나누어주지 않는 악덕 영주 밑에서 자라난 일레이나는 이 광경이 신선하면서도 어색하게 느껴졌다.

약간의 이질감이 들어서 그런지 그녀는 표정이 아주 밝지는 않았다.

세실리아는 그녀가 불편한가 싶어서 이런저런 것을 자꾸만 물어보았다.

"음식의 간이 좀 약한가요? 마을 사람 모두가 먹는 음식이라 간을 일부러 적게 했는데……."

"아니요! 음식은 훌륭해요! 저는 평생 이런 호사스러운 음식을 처음 먹어봐서 적응이 잘 되지 않네요."

"아하, 그런 것이었나요? 하긴, 살던 지방이 다르니 먹는 음식도 차이가 나겠지요. 만약 입에 맞지 않는다면 말해주세요. 다른 것을 만들어볼 테니까."

"아니에요! 지금도 충분히 훌륭합니다! 그냥 좀 적응이 안돼서 그런 것 같아요."

"그렇다면 다행이고요. 혹시나 불편한 것이 있다면 말해줘요."

"네, 부인."

일레이나는 차분하고도 품위 있는 세실리아의 화법에 반하여 계속해서 그녀를 멍하니 쳐다보았다.

　세실리아는 약간 겸연쩍은 미소를 지었다.

　"왜 그러세요? 제 얼굴에 뭔가 묻었나요?"

　"아, 아니요. 그냥⋯⋯."

　"호호, 이렇게 예쁜 아가씨가 쳐다봐 주니 기분은 좋네요."

　"그렇지는 않은데⋯⋯."

　"아가씨는 참 예뻐요. 만약 왕궁 무도회에 간다면 모든 남자들이 전부 아가씨만 쳐다보고 있을 것 같네요."

　"⋯정말요?"

　"만약 기회가 된다면 언제 한번 같이 가실래요? 남자들이 찝쩍거리는 곳이 아니라 정중한 무도회만 즐기고 온다면 분명 재미있을 거예요."

　"하지만 저는 그런 대단한 곳에 갈 만한 신분이 아닌 걸요."

　"괜찮아요. 우리 가문의 이름을 대고 들어가면 큰 문제는 없을 것 같네요. 또한 무도회에 들어가는 것은 좀 까다롭지만 막상 무도회가 시작되면 이름은 그리 중요하지 않아요. 어차피 사교를 목적으로 가는 것이 아니니까 말이죠."

　"그렇지만⋯⋯."

　"가는 길에 브리튼 구경도 좀 하고 광대들의 재주도 좀 보고요. 그러는 재미로 여행하는 것이니까요."

세실리아의 말에 일레이나가 어색하게 웃었다.

"저, 정말 저 같은 여자가 그런 곳에 가도 괜찮을까요?"

"물론이죠. 그 어떤 영애보다 훨씬 더 아름다운 여자로 남을 거예요. 내가 장담해요."

"그럼 나중에 시간이 된다면……."

"호호, 잘됐네요. 이렇게 아름다운 아가씨를 꾸미는 것도 여자로서의 행복이죠. 기왕 말이 나온 김에 오늘 한번 꾸며볼까요?"

"오, 오늘요?"

"네. 드레스를 입어보고 화장을 해보면 그곳에 가도 되겠다는 확신이 들지도 모르죠."

일레이나는 고개를 끄덕였다.

"해주신다면……."

"좋아요. 그럼 식사가 끝나고 난 후에 같이 별관으로 가자고요."

"네, 부인."

벌써 두 사람은 꽤 가까워진 것 같았고, 카미엘은 그 모습이 정말 보기 좋다고 생각했다.

비록 일레이나의 손에 불타 없어진 어머니이지만 만약 그녀가 순수한 모습 그대로 따른다면 이 또한 좋은 인연으로 발전될 것이다.

'어머니가 그녀를 정화시킬 것이다.'

카미엘은 한결 마음이 편안해지는 것을 느꼈다.

＊　　　＊　　　＊

다음 날 아침, 카미엘과 태하는 나르서스를 따라 낚시터로 향했다.

아름드리나무의 가지를 꺾어 만든 낚싯대는 꽤 내구성이 좋아서 연어를 잡는 데엔 안성맞춤이다.

마을 최고의 대장장이가 무려 석 달에 걸쳐 만든 이 낚싯대들은 돈을 주고도 못 사는 물건이었다.

나르서스는 대장장이의 아내가 바람을 피운다는 정보를 입수하여 그에게 알려주었고, 대장장이는 고마움의 표시로 나르서스에게 낚싯대를 선물로 주었다.

아마 무작정 돈을 주고 낚싯대를 사고자 했다면 대장장이에게 면박이나 맞고 돌아갔을지도 모를 일이다.

태하는 단단하고도 유연한 이 낚싯대의 품질이 어지간한 현대의 물품보다 낫다고 생각했다.

"역시 대장장이 장인이 만든 물건이군요. 이래서 명품과 장인을 찾는 모양입니다."

"어떤 물건이든 간에 만든 사람의 열과 성이 없다면 그저 껍데기만 그럴싸한 쓰레기에 불과합니다. 이렇게 낚싯대 하나를 만들어도 심혈을 기울이는 대장장이의 물건은 바늘 하나도 쉽게 취급할 수 없습니다. 그가 만든 물건에는 혼이 실려 있기 때문이죠."

독일의 사람들은 모든 도구와 기계에 영혼이 있다고 믿는데, 이것은 그들이 물건 하나를 만들어도 온 정성을 쏟는다는 것을 알려주는 좋은 예라고 할 수 있었다.

아마 나르서스가 말한 명인 대장장이 역시 자신이 만드는 물건에 혼이 깃든다고 생각하여 최선을 다하는 것일 터였다.

정확히 석 대 만들어진 낚싯대를 들고 흐르는 개울가로 향한 나르서스는 나무를 다듬어 만든 미끼에 돼지기름을 묻혀 던졌다.

휘릭!

"이렇게 던지면 연어들이 냄새를 맡고 물 겁니다. 지금은 강을 거꾸로 거슬러 올라가는 계절이 아니라서 개체 수가 적을지는 모르겠지만 그래도 승산은 충분해요."

잠시 후, 나르서스의 말처럼 흐르는 개울물을 거슬러 오르던 거대한 연어가 낚싯대를 물었다.

파르르르르!

"오, 오오오!"

"잡혔군요! 힘껏 당겨요!"

낚싯줄을 감는 릴이 없어서 오로지 힘으로만 당겨야 하는데, 연어의 힘이 제법 강력했다.

하지만 결국엔 낚싯줄에 엮여 물 밖으로 그 모습을 드러냈다.

파다다다닥!

"잡았다!"

"타이밍이 좋았습니다. 아주 대물이 잡혔네요."

"운이 좋았습니다. 제가 이런 대물을 잡아보다니 신비한 경험이군요."

물고기를 잡은 사람은 태하였는데, 그는 지금껏 연어를 낚아본 경험이 없어서 이토록 짜릿한 손맛은 느껴본 바가 없었다.

그는 민물낚시의 묘미가 이런 곳에서 온다는 것을 깨달았다.

"좋네요. 저도 아버지가 살아 계실 때엔 자주 낚시를 가곤했습니다. 하지만 우리 집안은 선상 낚시만 즐겨서 이렇게 스포티한 낚시는 처음 접해봤습니다."

"아아, 부친께서 부고하셨습니까?"

"몇 년 전에 작고하셨지요."

"그렇군요."

태하는 나르서스에게 깊이 고개를 숙였다.

"어르신 덕분에 조금은 흐려진 아버지에 대한 기억이 또렷해졌습니다. 감사합니다."

"별말씀을요."

잠시 후, 넋을 놓고 있던 카미엘의 낚싯대에서도 소식이 들려왔다.

파르르르르!

"오오!"

"돼지기름을 바른 것이 신의 한 수였군요!"

"어서 당겨요!"

미친 듯이 떨려오던 카미엘의 낚싯대가 한순간 휘어지면서 무려 1미터에 달하는 초대형 연어가 잡혔다.

"이야, 진짜 월척이네!"

"이건 정말 돈을 주고도 못 사먹는 대단한 놈입니다! 무려 1미터라니, 낚싯대가 부러지지 않은 것이 다행일 정도예요!"

연어의 크기가 얼마나 크면 그 대가리가 마치 파이프렌치를 보는 것 같은 착각이 들게 했다.

"오늘 연어 파티를 열어도 되겠어요."

"그럽시다. 이곳에서 손질을 해서 가지고 가는 것이 좋겠네요."

"제가 배를 따겠습니다."

카미엘은 연어의 아가미를 찔러 피를 뺀 후 배를 갈라 내장을 제거하였다.

슥슥슥.

능숙하게 비늘까지 벗기는 카미엘의 솜씨는 한두 번 해본 사람의 것이 아니었다.

나르서스는 그런 카미엘의 솜씨에 감탄사를 연발하였다.

"솜씨가 좋군요. 어디서 배웠습니까?"

"…아버지께 배웠습니다."

"으음, 그렇군요. 아버님께서 강태공이셨나 보군요."

"예, 꽤나 실력이 좋았습니다. 그래서 이따금 생선을 잡아오셨는데, 그때마다 생선구이를 해먹었습니다. 손질은 아버지께 직접 배우고 훈연법이나 냉동법은 어머니께 배웠지요."

"아주 제대로 배우셨군요. 연어는 원래 몸에 기생충을 많이 달고 살아서 육안으로도 그것이 보일 정도지요. 그래서 훈제를 해서 먹거나 얼려서 먹어야 합니다. 보관을 할 때엔 소금에 절이는 것이 좋고요."

"네, 맞습니다. 알도 소금에 절여서 보관하면 오래가지요."

"정말 제대로 배우셨습니다. 이 정도면 거의 가문의 전승비기를 배운 것이나 다름이 없는데, 실례지만 집안이 강가에 있었습니까?"

"바다와 강이 만나는 지역에 있었지요."

"으음, 그래요. 그런 집안이라면 얘기가 됩니다. 맞아요. 그러니 이 정도 지식을 쌓을 수 있지요."

나르서스는 엄지를 척 들어 올렸다.

"최고입니다. 언젠가 한 번쯤 교류를 갖고 싶습니다."

"예, 기회가 된다면……."

카미엘은 나르서스의 말을 받아치면서도 쉽사리 끝을 맺지 못했다.

지금 그가 무슨 소리를 하든지 간에 그것은 현실과 거리가 먼 얘기이기 때문이다.

태하는 점점 어두워지는 카미엘의 낯빛을 보곤 재빨리 화제를 돌렸다.

"사람들이 기다리겠습니다. 어서 가시죠."

"그럽시다."

세 사람은 거대한 연어 두 마리를 가지고 집으로 돌아갔다.

*　　　*　　　*

그날 밤, 태하와 카미엘이 잡은 월척 두 마리를 불에 구워 연어 통구이 바비큐 파티가 열렸다.

연어를 굽는 김에 어제 파티를 치르고 남은 돼지고기도 함께 구웠는데, 생선과 돼지고기의 만남은 환상적인 앙상블을 자아냈다.

세실리아는 연어를 소금에 재워두었다가 뚜껑이 달린 석쇠에 그것을 올리고 천천히 훈연하듯이 구웠다.

연어는 너무 센 불에 구우면 살이 다 바스러져서 먹기 힘들 뿐만 아니라 겉이 타서 제대로 된 살결을 느낄 수가 없다.

그녀는 연어를 넣는 동시에 돼지고기를 집어넣어 함께 익혀냈다.

이로써 돼지의 풍미와 연어의 풍미가 훈제로 섞여 기가 막힌 냄새를 풍겨내었다.

카미엘은 오랜만에 맡아보는 연어구이의 냄새에 자신도 모르게 미소를 지었다.

"킁킁, 아주 좋군요. 오랜만에 맡아봅니다. 이런 염장 구이의 풍미라니……."

"호호, 좋아하니 다행입니다. 저는 외국에서 온 사람들이라고 해서 연어구이를 싫어하면 어쩌나 하고 걱정했거든요."

"하하, 아닙니다. 오히려 저는 연어구이라면 환장을 하는 사람입니다. 만약 여기에 증류주 한 잔 있으면 아주 제격이겠지요."

나르서스는 카미엘이 말하기도 전에 이미 옆에서 브랜디를 따르고 있었다.

쪼르르르.

"명화방에서 얼마 전에 주고 간 브랜디입니다. 저는 10년 전부터 브랜디와 생선을 함께 먹고 있는데요, 그 풍미가 아주 그만이지요."

"맞습니다. 훈제 요리엔 아무래도 브랜디가 제격이지요."

"으음, 그래요. 이럴 때엔 위스키도 좋지만 뭐니 뭐니 해도 브랜디를 따라갈 수는 없지요."

엑트린 가문은 명화방과 밀접한 연관이 있기 때문에 이 세상 거의 모든 술을 가지고 있다고 해도 과언이 아니었다.

나르서스는 그중에서도 유독 브랜디를 즐기는 경향이 있어서 명화방 상인들이 올 때마다 질 좋은 브랜디를 구해달라고 부탁하곤 했다.

카미엘 역시 그의 슬하에서 생활하는 동안 브랜디의 맛에 길들여져 과거로 돌아오기 전까지 매일 브랜디를 즐겨 마셨다.

잠시 후, 아주 먹음직스럽게 익혀진 연어와 돼지고기 구이가 상 위에 차려졌고, 일행은 그것과 함께 술잔을 기울였다.

"자, 건배합시다!"

"건배!"

카미엘은 지금 이 순간이 너무나도 행복했다.

자신이 존경하고 사랑하는 부모님과 친애하는 동료들이 있는 이 자리에서 즐겁게 술잔을 기울일 수 있다는 것은 가슴이 시릴 정도로 행복한 일이었다.

하지만 그는 가슴이 너무 아파서 터질 것만 같았다.

세상에서 가장 아름다운 꿈은 가장 슬픈 꿈이듯 지금 이 순간은 카미엘에게 슬픈 꿈과 같았다.

'며칠 후엔 이 꿈에서 깨어나야겠지.'

그는 씁쓸한 입맛을 술로 헹궈냈다.

*　　　*　　　*

늦은 밤, 카미엘은 싸구려 럼주를 앞에 놓고 일레이나와 마주 앉아 있었다.

카미엘은 그녀에게 아주 진중한 얘기를 꺼내놓았다.

"일레이나, 사실 우리는 당신에게 일부러 접근한 겁니다."

"…알아요. 처음부터 그 정도는 알고 있었어요. 하지만 적의가 없는 것을 알고 가만히 있었습니다."

"하지만 우리가 왜 접근한 것인지는 모를 겁니다."

"그래요. 그 정도로 눈치가 아주 빠르지는 않으니까요."

그는 일레이나에게 미래에 대한 얘기를 해주었다.

"우리는 미래에서 왔습니다."

"미래요?"

"차원의 틈을 넘어서 왔지요. 아마 당신도 이에 대해 알고 있을 겁니다. 내 사부님 브리엘튼 공의 서적을 읽어보았다면 차원의 틈이 어떤 것인지 익히 알고 있겠지요."

"…그렇다면 당신이 바로 그 제자 카미엘인가요?"

"네, 그렇습니다. 대륙 유일의 마검사이던 카미엘입니다."

카미엘은 자신의 검을 뽑아 들어 그 검신 위에 마력을 불어넣었다.

스스스스스!

검에 마기를 불어넣는 것은 아무리 숙련된 마법사라고 해도 불가능한 일인데, 그것이 형상을 만들어낼 정도라면 엄청난 고수라는 소리이다.

그녀는 카미엘의 마검술을 확인하고 나서야 미래에서 왔다는 소리를 믿을 수 있었다.

"마법의 돌이 두 번 희생되면서 차원의 틈은 완전히 깨져버렸습니다. 나는 미래에서 그 깨져 버린 차원의 틈을 이용해 엄청난 일들을 저질렀습니다. 결국엔 세상이 종말을 맞이하고 말았지요."

"그렇다면 당신은 과오를 바로잡기 위해 과거로 온 것이겠군요?"

"맞아요. 나와 함께 천하마술단을 이끌던 당신을 올바른 길로 인도하는 것이 제 목표입니다."

"그렇군요."

"당신과 나는 60억 인구를 몰살시키고 그 위에 죽음의 땅을 건설하려는 광기에 가득 차 있었습니다. 하지만 그것은 새로운 세상을 건설하는 것이 아니라 지구를 죽음으로 물들이는 미친 짓입니다."

일레이나는 카미엘의 말이 절반만 맞아도 자신이 아주 무서운 인물이 될 것이라는 사실을 깨달았다.

이제 그녀는 왜 카미엘이 양부모를 구해주려고 했는지 이해가 되는 것도 같았다.

"그래요. 그래서 나를 개과천선시키고자 양부모님을 구해주려던 것이군요."

"그렇습니다. 하지만 그것은 꼭 당신의 개과천선에 관련된 것만은 아닙니다. 저분들은 원래 내 양부모이기도 하거든요."

"그럼 당신이 저분들의 품으로 돌아가야 하는 것 아닙니까?"

"그러고 싶지요. 하지만 저는 시간의 억류에 걸렸습니다. 당신도 잘 알 겁니다. 시간의 억류가 어떤 것인지."

"불로불사의 몸이 되지만 그에 걸맞은 고통이 따르게 되지요."

"그래요. 그 고통 중에 하나가 바로 이것입니다. 나는 시간의 억류에 걸려 평생을 이 모습 이대로 살아가야 합니다. 아마 부모님께 손자를 안겨 드린다거나 집안을 끝가지 이끌어가는 등의 일은 할 수 없을 겁니다. 나는 마지막까지 이 세상을 멸망시키지 않도록 인도할 책임이 있거든요."

"무게가 너무 무겁겠네요."

"무겁습니다. 도망치고 싶은 생각도 들지요. 하지만 저는 제 운명에 정면으로 맞서겠습니다. 그게 비록 모든 행복을 저버리는 일이라고 해도 말입니다."

일레이나는 카미엘이 자신에게 원하는 것이 무엇인지 물었다.

"제가 어떻게 하면 되는 건가요?"

"모든 기억을 지우고 두 분의 온전한 딸이 되어주십시오."

"하지만 저는 돌아가신 내 부모님도 너무나도 사랑해요."

"으음."

그는 가만히 생각에 잠겨 있다가 묘안을 짜냈다.

"그렇다면 이렇게 합시다."

"⋯⋯?"

"내가 당신의 마력을 폐기시키겠습니다. 그렇게 되면 자연스럽게 몸이 약해지겠지만 히우네의 정령력이 당신을 지켜준다면 최소한 100년은 살 수 있을 겁니다. 그 이후에 자연사로 죽는 것이지요."

"그렇다면 생부와 생모에 대한 기억을 지우지 않아도 될

까요?"

"단 한 가지 조건이 있습니다. 당신이 익힌 마법에 관한 지식을 모두 지워 버리겠습니다."

"그런 지식은 필요치 않아요. 가지고 가세요."

"좋습니다. 그럼 이제부터 당신은 평범한 여자로서 살다가 평범하게 죽을 겁니다. 그래도 괜찮아요? 한 집단의 대모가 된다거나 지배자는 될 수 없어요."

"처음부터 그런 행복 따윈 꿈꾸지도 않았어요. 제가 원하는 삶도 아니고요."

카미엘은 고개를 끄덕였다.

"좋습니다. 그럼 오늘 당장 실행에 옮깁시다. 내가 두 분께 말씀드릴 테니 당신은 마음의 준비만 하시면 됩니다."

"알겠어요."

두 사람은 엑트린 부부를 찾아갔다.

*　　　*　　　*

이미 어둠이 짙어진 새벽이었지만 엑트린 부부는 잠을 이루지 못하고 있었다.

두 사람은 카미엘이 데리고 온 처녀가 자신들의 딸이 될 수도 있다는 생각에 가슴이 설레고 있었다.

나르서스는 자신의 곁에 누워 있는 세실리아에게 물었다.

"우리의 피가 섞이지 않아도 괜찮아?"

"물론이죠. 저렇게 심성 착하고 아름다운 아가씨가 우리의 딸이 된다면 너무나도 행복할 거예요."

"그렇군."

"하지만 그것도 저 아가씨가 우리를 마음에 들어해야 가능한 일 아닐까요?"

"뭐, 그건 그렇지."

두 사람이 두런두런 얘기를 나누고 있을 무렵, 침실에 기척이 들려왔다.

똑똑.

"야밤에 누구지?"

"오늘 온 손님들일까요?"

나르서스와 세실리아는 가운을 입고 호롱불을 들었다.

"누구세요?"

"주무시는데 죄송합니다, 카미엘입니다."

"아닙니다."

"긴히 드릴 말씀이 있어서 찾아왔습니다. 괜찮다면 저희들과 술 한잔하시지요. 일레이나를 함께 데리고 왔습니다."

두 부부는 카미엘의 묵직한 목소리에서 뭔가 좋은 징조를 느꼈다.

"무, 물론입니다! 안으로 들어오시죠!"

"누추하지만 들어와요!"

"감사합니다."

일레이나는 두 사람에게 꾸벅 고개를 숙였다.

"실례가 많습니다."

"아니, 아닙니다. 안 그래도 우리 부부도 잠이 안 와서 고생하던 참인 것을요."

"그렇다면 다행이네요."

카미엘은 중국에서 가지고 온 소홍주를 꺼냈다.

"명국에서 가지고 온 소홍주라는 술입니다. 접해보셨습니까?"

"듣기는 했습니다만, 실제로 보는 것은 처음입니다."

"풍미가 아주 그만입니다."

세실리아는 일행의 테이블 위에 밤참으로 먹기 위해 남겨둔 돼지고기와 과일 등을 올려놓았다.

"괜찮다면 함께 드세요."

"예, 감사합니다."

카미엘은 모두의 잔에 술을 채워놓곤 본격적으로 애기를 풀어놓았다.

"어르신, 제가 부탁을 하나 드려도 되겠습니까?"

"말씀하십시오."

"일레이나를 수양딸로 거두어주셨으면 합니다."

"저, 정말입니까?"

기쁨에 찬 두 사람을 바라보며 일레이나가 수줍게 고개를 숙였다.

"염치없지만, 두 부부가 자식을 얻지 못하고 슬픔에 빠져 있다는 소리를 듣고 알프스 산맥에서 왔습니다. 저 역시 부모님이 모두 돌아가시고 혼자 남아 깊은 슬픔에 빠져 있었습니다. 만약 인연이 된다면 가족이 될 수 있을까 해서 찾아온 것이지요."

"과연, 우리는 인연이 맞습니다. 나 역시 아가씨가 참으로 곱고 착해서 딸로 맞았으면 좋겠다고 하늘에 빌었습니다."

카미엘은 잔을 들었다.

"그렇다면 얘기는 쉽게 끝나겠군요. 하늘이 세 사람의 기도를 들어주셔서 한 가족이 되었으니 말입니다. 이제 한잔 술로 가족의 연을 맺고 행복하게 살면 되는 겁니다."

"감사합니다, 공자!"

"아닙니다. 인연은 하늘이 내리는 법. 이것은 모두 하늘이 도우신 겁니다."

네 사람은 잔을 부딪쳤다.

"건배!"

팅!

단숨에 잔을 비워낸 세실리아가 일레이나의 손을 꼭 잡았다.

"변변치 못한 어미이지만 잘 부탁한다, 딸아."

"아니에요. 제가 너무 비천하게 살아서 두 분께 누가 될까 두렵네요."

"이 세상에 태생이 비천한 사람은 없어. 인간은 모두 고귀하고 영화로운 존재야. 앞으로 우리 가문에 들어와 살면서 그런 정신을 널리 퍼뜨려 주려무나."

"네, 어머니."

세실리아 모녀는 두 손을 꼭 잡은 채 그 손을 놓지 않았다.

나르서스는 카미엘에게 연신 고개를 숙였다.

"고맙습니다. 이 은혜를 도대체 어떻게 갚아야 할지……."

"아닙니다. 앞으로 명화방과 더 친하게 지내면서 어려운 사람들을 많이 도와주십시오."

"물론입니다!"

카미엘이 일레이나를 바라보며 말했다.

"이제 마지막으로 남은 하나를 마무리해야 합니다."

"마무리?"

"그것은……."

그는 두 부부에게 사정을 설명하였고, 나르서스는 어렵사리 납득하였다.

"…좋습니다. 그럼 그렇게 하시지요."

"감사합니다."

네 사람은 이제 저택의 정원으로 향했다.

7. 하나의 선으로 이어지다

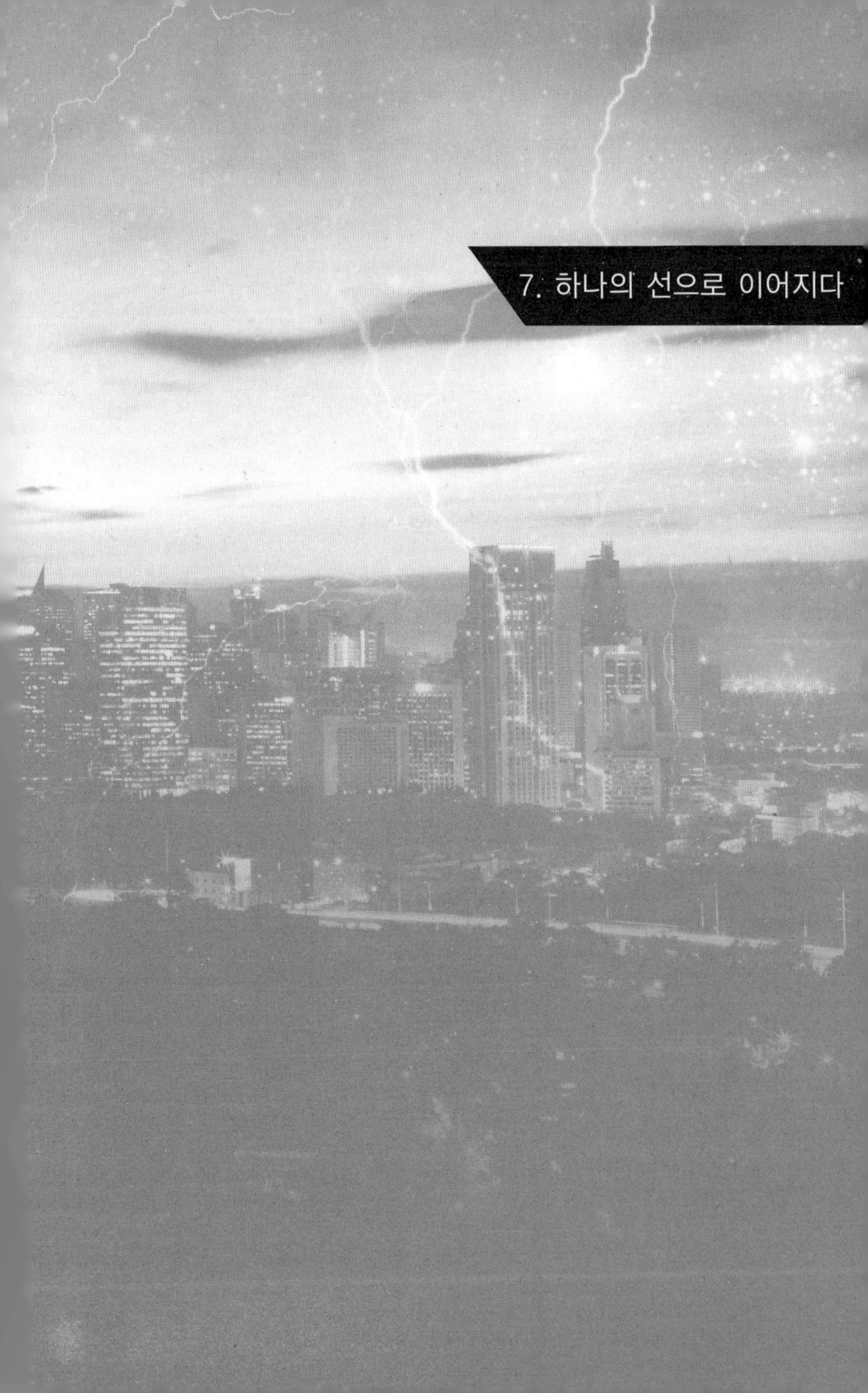

이른 아침, 비가 부슬부슬 내리고 있다.

태하는 기억을 지워주는 마정석과 새로운 기억을 심어주는 마정석을 모두 카미엘에게 인계하였다.

이제 카미엘은 마정석을 통하여 일레이나의 기억을 새롭게 가다듬어 그녀를 새 출발 시키는 데 전력을 다하기로 했다.

스릉!

날카로운 마정석을 뽑아 든 카미엘은 그녀의 뇌리에 천천히 밀어 넣었다.

푸욱!

"으윽……."

마정석이 타들어가며 그녀의 뇌리에 틀어박혀 기억의 일부분을 지워 나가기 시작했다.

치이이이익!

사람의 살이 익는 끔찍한 냄새가 진동했지만 그 냄새를 맡고 눈살을 찌푸리거나 비명을 지르는 사람은 없었다.

다만 자신의 딸이 고통스러운 의식을 치르는 것이 못내 마음에 걸려 눈시울을 붉힌 두 부부가 있을 뿐이다.

카미엘은 지워진 그녀의 기억을 채워줄 새로운 기억을 심어주었다.

"불필요한 기억은 지워지고 새로운 기억만이 자리 잡을 것이다. 잘 살아."

푸욱!

마정석이 일레이나의 뒷목을 통하여 들어가자 마법에 대한 기억은 모두 사라지고 그녀가 오두막에서 지내며 살던 그때만 남았다.

이제 그녀의 기억은 신이 되살아난다고 해도 되돌릴 수 없을 것이다.

"콜록, 콜록!"

기억의 전부를 들어내는 것이 아니라 일부분만 도려내는 것은 신체에 엄청난 무리를 가져온다.

그녀의 몸이 빠르게 무너져 내려갈 즈음 히우네가 정령력으로 그녀의 빈 공간을 채워 나갔다.

—운디네!

스르르릉!

물의 정령이 내민 손길에 반응한 일레이나의 몸이 빠르게 회복되며 순식간에 정상으로 돌아왔다.

이 과정에서 일레이나의 몸에 있던 탁기가 물러남에 따라 건강이 오히려 좋아지는 결과를 가져왔다.

이제 그녀는 친부모의 기억을 지닌 채 새로운 기억을 가진 사람이 되었다.

"어, 어머니?"

"그래, 딸아! 잘 버텼다! 자랑스럽구나!"

"아버지, 이젠 괜찮은 것 같아요."

"그래, 그래! 아주 좋아 보이는구나!"

그녀는 부모님의 손을 잡았다.

"어머니, 아버지, 우리 함께 거리로 나가요. 보고 싶은 것들이 많아요."

"그래, 가자꾸나!"

지금껏 단 한 번도 자식과 함께 나들이를 가본 적이 없는 세실리아는 한껏 들뜬 표정으로 말했다.

"그렇다면 일단 집으로 들어가서 옷부터 갈아입자꾸나. 그리고 나들이를 나가는 동안 먹을 도시락도 좀 챙기고."

"네, 좋아요. 저도 요리를 해보고 싶어요. 제가 주방에서 보조할게요."

"그래, 그러려무나."

"그렇다면 나는 마차를 준비하도록 하지. 두 레이디가 준비하는 시간이 꽤 걸릴 테니 말의 여물도 좀 주고 마차 좀 정비하도록 할게."

"네, 아버지."

일레이나는 그동안 감춰온 부모님에 대한 갈증을 마구 풀어냈다.

쪽쪽!

"사랑해요, 어머니, 아버지!"

"호호, 그래! 나도 사랑한단다!"

"험험, 나도 사랑한다!"

애교가 넘치는 딸이 생기니 두 부부의 얼굴에도 생기가 넘쳤다.

카미엘과 그 일행은 이제 더 이상 자신들이 이곳에 필요치 않게 되었음을 절감하였다.

"어르신, 그럼 저희는 이만 가보겠습니다."

"벌써 가시는 겁니까? 함께 나들이를 가면 좋을 텐데……."

"아닙니다. 저희들은 또 다른 볼일이 있습니다."

"아쉽군요."

"가끔씩 그녀의 소식을 전해주십시오. 명화방을 통해서 전해주시면 저희들이 편하게 받을 수 있을 겁니다."

"그래요. 잘 알겠습니다."

카미엘과 나르서스는 악수를 나누었다.

"그럼 저는 이만……."

"그래요. 잘 살아요."

나르서스는 카미엘의 어깨에 손을 턱하니 올려놓으며 말했다.

"사실 나는 아들이 생기기를 바랐습니다. 그만큼 당신이 좋은 사람이었다는 뜻입니다. 다만 그 눈에 가득 찬 슬픔을 주체하지 못한다면 분명 속병을 앓을 겁니다. 평생 고생을 할 수도 있겠지요."

"…그래 보였습니까? 하지만 괜찮습니다. 저에겐 친구들이 있으니까요."

"맞아요. 저런 친구들을 얻기란 쉽지가 않습니다. 부디 더 좋은 인생을 살아가세요."

"고맙습니다."

카미엘은 나르서스에게 마지막 부탁을 했다.

"어르신, 괜찮다면 제가 아버지에게 올리고 싶던 절을 대신 받아주시면 안 되겠습니까?"

"절을?"

"예. 비록 이 나라의 방식은 아니지만 꼭 절을 올리고 싶었습니다."

"그래요. 그럽시다."

카미엘은 태하에게서 배운 큰절을 넙죽 올렸다.

"아버지, 어머니, 아들은 떠납니다! 아마 평생 다시 만날 수 없을 겁니다! 부디 만수무강하시여 천수를 누리십시오!"

"……."

총 두 번의 절을 올린 카미엘은 미련 없이 돌아섰다. 그리고 그를 바라보는 나르서스의 눈에 아주 옅은 이슬이 맺혔다.

＊　　　　＊　　　　＊

태하와 그 일행은 명화방의 배를 타고 아프리카로 향하는 중이다.

지구가 멸망하는 데 가장 큰 공을 세운 사람은 카미엘과 일레이나, 미켈로뿐만이 아니었다.

악의 시종을 창시해 낸 아프리카의 사제 네미시스와 사령술을 완성으로 이끈 팽절학, 천월령 부부는 지구 종말의 가장 큰 열쇠가 되었다고 해도 과언이 아니다.

카미엘은 먼저 사제 네미시스를 제거한 후에 하북팽가로

쳐들어가 사령술을 사용할 수 있는 기반을 모두 폐기시켜야 한다고 생각했다.

그것은 태하를 포함한 모든 일행이 절감하는 내용이다.

천태는 가장 먼저 네미시스를 처리한 후에 하북으로 쳐들 어가 그 기반을 쓸어버리는 것이 올바른 수순이라고 말했다.

"천월령과 팽절학의 무학은 우리가 추후에 세월이 흘렀을 때 제거해도 늦지 않네. 그러니 우선 아프리카로 여행하여 네 미시스를 제거하는 것이 옳은 수순이겠지. 그 후에 천천히 팽 가를 박살 내자고."

"그래, 내 생각도 그러하다. 시간의 역류에 걸린 사람은 더 이상 차원의 틈을 빠져나가지 못해. 그러니 우리는 좋든 싫든 인고의 세월을 견뎌낸 후에 팽가 부부를 잡아 화근을 없애야 한다는 소리지."

설화령은 두 사람의 의견에 이의를 제기했다.

"이의가 있습니다."

"……?"

"화근을 없애는 것은 좋지만 불필요한 살상은 하지 않았으 면 좋겠어요. 사령술사 네미시스는 워낙 시체로 노예를 만들 어 파는 데 재미를 붙인 악인이라 죽여도 상관이 없지만 팽절 학 부부는 그 사연이 너무 딱해요. 어차피 사령술에 대한 절 학이 사라진 이후인데 굳이 죽일 필요가 있을까요? 차라리 두 사람이 딴마음을 먹지 못하도록 우리가 죽을 때까지 감시하는 것은 어때요?"

"으음, 그것도 나쁘지는 않겠군."

설화령의 의견에 모두가 동의하였고, 팽절학 부부는 죽음을 면하게 되었다.

"좋아, 그럼 팽가의 절학을 모두 불태우고 그 지식인들을 모두 백치로 만든다. 이 정도면 되겠지?"

"물론."

"자, 그럼 어서 아프리카로 가자."

명화방의 배는 순풍을 타고 아프리카로 향했다.

아프리카에 도착한 태하 일행은 곧장 말을 타고 토고로 향했다.

토고 외곽의 작은 마을에 기거하는 네미시스는 마루쿠 부족의 족장이자 흑마술의 대가이다.

그는 아프리카의 토속신앙 중에서도 사악한 신들만 골라서 숭배하였는데, 아이티의 부두교가 이러한 토속신앙에 뿌리를 두었다고 볼 수 있다.

부두교는 16세기 흑인 노예들이 아메리카로 유입되면서 생겨났는데, 아프리카의 토속신앙과 개신교가 섞여서 탄생한 종교이다.

아프리카의 토속신앙이라는 것은 각종 주술과 마법, 사령술 등이 포함된다.

어떤 면에서 본다면 이 주술과 사령술 등이 아프리카 토속신앙의 특징과 종교적 생활양식이라고 볼 수도 있을 것이다.

부두교는 이러한 아프리카 토속신앙에 뿌리를 둔 종교인데, 전 세계적으로 6천만이 넘는 성도를 거느리고 있었다.

한마디로 중남미로 유입된 흑인 노예들의 대다수가 이 종교를 믿었으며 그 후예들이 아직도 부두교를 숭상하고 있는 것이다.

네미시스가 사령술을 완벽하게 익힐 때까지 사람들이 무조건 희생될 수 있던 것도 바로 이 때문이었다.

종교에 대한 맹신과 충성심이 가히 타의 추종을 불허하는 부두교이기에 기꺼이 자신의 목숨을 바쳐왔다.

아마 악의 시종이 그렇게 삽시간에 퍼질 수 있던 것도 전부 부두교의 영향력이 무시무시했기 때문일 것이다.

그는 사람의 마음을 교묘하게 이용하여 조종하는 사술에 능하였고, 그것을 이용하여 사리사욕을 채우는 악인이었다.

아직 천하마술단에 들어오지 않은 지금도 여전히 멀쩡한 사람들을 시신으로 만들어 노예로 팔아먹는 극악무도한 짓을 자행하고 있었다.

마루쿠 부족의 부락 인근 바위 지대에 올라선 태하는 모닥

불 앞을 빙글빙글 돌면서 춤을 추는 사람들을 바라보았다.

퉁, 퉁, 퉁, 짝, 짝, 짝!

"알루, 알루, 알루, 알루!"

"허이, 허이, 허이!"

"알랄라라라라라!"

요상한 소리를 내면서 춤을 추는 사람들 사이로 겁에 질려 덜덜 떨고 있는 소녀가 보인다.

이제 막 10대 중반이나 되었을 법한 그녀는 너무나 두려운 나머지 오줌도 가리지 못하고 있었다.

네미시스는 그런 그녀의 곁을 돌면서 요상한 주문을 외워 댔다.

"마카콜로쿠스, 에헤레아라라라……."

태하는 카미엘에게 물었다.

"저게 뭐하는 짓이야?"

"주문을 외우는 거야. 아마 재물이 될 저 아이에게 주문을 걸어서 가사 상태에 이르게 만드는 주문이겠지."

"하지만 마력이 느껴지지 않는데?"

"물론 마력은 없어. 다만 저 주문을 외움으로써 사람의 심리를 조종하고 결국에는 정신을 무력화시키는 거지. 놈은 심리술의 대가야. 마약과 주문을 통하여 사람을 조종하고 가사 상태에 빠뜨려 시신을 만들어내지. 놈은 치사량에 근접한 양의 마약을 투여하는데, 그렇게 되면 겉으로는 사람이 죽은 것처럼 보여. 이 사람을 한 이틀 묻어두었다가 꺼내면 이미 정신은 죽은 상태가 되어 있는 거지. 밥을 안 먹여도 되고 쉬지도 않지. 물도 필요 없고 아무리 부려먹어도 반란을 일으킬 걱정도 없어. 왜냐하면 이미 사람이 아니니까."

"끔찍한 일이군."

"놈은 이런 악랄한 방법으로 걸어 다니는 시신을 만들어 노예로 팔아먹은 거야. 천하마술단에 놈이 들어와 흑마술을 본격적으로 익혔을 때엔 이 마약과 심리술에 마력이 더해지니아주 금상첨화였지."

"그런 일이 있었군."

"그러다가 천월령이라는 인물이 등장하면서 진짜 시신을 되살리는 일이 가능해진 거야. 놈은 자신이 신이라도 되는 양사령술을 휘두르고 다녔어. 아마도 놈이 이 세상에 없었다면애초에 악의 시종은 태어나지 않았을지도 모르지."

"으음."

"놈은 꼭 죽여야 하는 악의 축이지만 그를 죽이고 나서가더 중요해. 다시는 저런 심리술을 사용하는 사람들이 생기지않도록 감시해야지."

"우리의 일이 하나 더 늘었군."

"운명이라고 해야 하겠지?"

태하는 무형의 검을 뽑아 들었다.

스르르릉!

그는 무형의 검을 화살로 바꾸어 시위를 당겼다.

꽈드드드득.

"그럼 그 운명을 받아들여 볼까?"

"직접 죽이려는 모양이군."

"머리를 꿰뚫고 그 시신을 불태우겠다."

"가장 깔끔한 처리 방법이 되겠군."

잠시 후, 태하가 활시위를 놓았다.

피융!

퍽!

태하가 쏜 진기의 화살이 네미시스의 머리를 꿰뚫으면서 사방으로 뇌수가 튀어 올랐다.

푸하아아아악!

"알루, 알루!"

"꺄아아아악!"

순식간에 난장판이 되어버린 의식 현장 한가운데 넘어져 버린 네미시스의 시신이 태하의 내공으로 인해 불타기 시작했다.

"화!"

퍼엉!

지옥의 유황불처럼 타오르는 날카로운 불길이 네미시스의 시신을 불태워 그를 백골로 만들어 버렸다.

　이제 더 이상 사령술사 네미시스는 이 세상에 모습을 드러낼 수 없을 것이다.

　"앞으론 이들을 지켜보는 일만 남은 것이군."

　"그런 셈이지."

　태하와 그 일행은 이제 중국 하북으로 향했다.

＊　　　＊　　　＊

　중국 하북성 남단에 위치한 하북팽가의 검술 수련장 지하 토굴에 무려 50구가 넘는 시신이 들어가고 있다.

　태하와 카미엘 일행은 이 엽기적인 현장을 바라보며 할 말을 잃었다.

　"…저게 다 뭐야?"

　"죽은 사람을 되살리는 실험이니 금방 죽은 사람들이 필요한 거지."

　"대단한 실험 정신이군. 저 정도 시신들이 부패하면 시독이 창궐하게 될 텐데."

　"저들은 저들 나름대로 자신들이 살아남을 돌파구로 시신을 되살리는 사령술을 만들어낸 것이야. 아무리 무림맹의 그림자가 거대하다곤 하지만 명나라가 그들을 등한시하고 난 이후엔 곳간에 먹을 것이 없을 정도로 가난해졌으니까."

"흠, 가난을 돌파할 궁여지책으로 사령술을 선택한 것이군."

"그 기원이 어디서부터 온 것인지는 몰라도 이러한 사령술 때문에 실제로 팽가는 꽤 많은 부와 명예를 얻었어. DMS에 팽가가 꽤 큰 축을 담당하고 있었다는 것만 봐도 알 수 있지."

"그래, 내가 DMS의 도장을 쳤을 때에도 팽씨 일가에서 도끼를 쓰는 놈이 사부로 파견되어 있더군."

"놈들이 만약 도끼 하나로 버티려 했다면 지금쯤 그런 지위에 오르지는 못했을 거야. 모든 것이 이 사령술 덕분이라 할 수 있지."

네미시스의 사령술이 마약을 사용하여 사람을 가사상태에 빠뜨리는 것이라면 팽가의 사령술은 정말로 시신을 되살리는 술법이었다.

이 모든 것은 술자의 내가진기를 통하여 이뤄지는데, 이미 죽은 사람의 머리에 작은 내단을 만들어 시신을 되살려 내는 방법이었다.

물론 되살아난 시신들은 마치 시신처럼 뻣뻣하고 부자연스럽게 움직여 어느 한 군데도 써먹을 곳이 없었다.

하지만 이미 죽어버린 사람이 살인 사건을 일으키거나 문파 전쟁의 방패막이로 사용된다면 얘기는 달라진다.

아무리 문명이 발달하여 과학기술이 진보한다고 해도 죽었다 살아난 사람이 산 사람을 죽이면 진범을 찾아낼 수가 없다.

하북팽가는 어둠 속에 숨어서 지금까지 수많은 사람을 암살하였고, 그 사건을 시신과 시신으로 덮어버렸다.

아주 대놓고 살인을 했음에도 불구하고 진범이 잡히지 않는다거나 고관대작의 집에 사람이 침입해 살인을 저질렀는데 진범이 없던 등의 사건이 대표적인 예라고 할 수 있었다.

한마디로 지금까지 하북팽가가 전성기를 누릴 수 있던 것은 순전히 시신으로 살인 청부를 해왔기 때문인 것이다.

아마 이들을 이대로 놓아둔다면 또다시 시신으로 사람을 죽이는 말도 안 되는 사건이 벌어지게 될 것이 분명했다.

"저 실험실을 폭파시키고 서로를 불태우는 것이 좋겠어."

천태와 천하랑 부부가 서고를 불태우기로 했다.

"우리 셋이 서고를 처리하도록 하지."

"좋아, 그럼 태하와 히우네를 데리고 이곳을 정리하겠다."

천태 일행이 보법을 밟아 사라지고 난 후, 세 사람은 본격적으로 폭격을 준비하였다.

"어떻게 작살을 내야 하지?"

"아예 이곳에 있는 모든 사람을 죽이고 실험실을 폭파시켜야 해. 내가 사람을 처리할 테니 둘이서 실험실을 맡아줘."

"알겠다."

태하는 천검진 폭풍일식을 극성으로 전개하였다.

휘이이이이잉!

무형경의 경지에 오른 태하의 주변으로 서서히 바람이 몰려들더니 이내 그것이 검의 폭풍으로 변하여 소용돌이치기 시작했다.

히우네는 그 소용돌이 안에 불의 정령을 소환하였다.

—아우쿠소스!

고오오오오오오!

거대한 불길이 소용돌이를 타고 스며들어 사방을 온통 불바다로 만들어 버렸다.

화르르르르륵!

팽가의 연구원들은 이게 도대체 어떻게 된 일인가 싶었다.

"어, 어어……?!"

"모두 피하세! 아무래도 하늘이 미친 듯하이!"

그들이 제아무리 깊은 지하 시설로 피한다고 해도 결코 살아남을 수는 없을 것이다.

이제 태하는 폭풍일식을 아주 미세하게 조종할 수 있는 경지에 이르렀기 때문이다.

"몸을 숨기는 것은 아주 약간의 시간을 버는 일에 불과하다!"

태하를 중심으로 생겨난 불기둥이 사방으로 퍼지면서 불의 촉수를 만들어냈다.

끼이이이이잉!

"가라!"

이내 촉수들은 숨어 있는 사람들을 따라다니면서 마구 불을 뿜어댔다.

─쿠오오오오오!

"끄아아아아악!"

그뿐만이 아니라 연구 시설 내부를 모두 불태우고 살아 있는 사람과 시신, 연구 서적들까지 전부 소실되었다.

이제 하북팽가의 유일한 희망이던 연구 시설이 완파되고 그곳에 있던 사람들마저도 한 줌의 재가 되어 사라져 버렸다.

한편, 카미엘은 연구 시설에서 도망가는 사람들을 악착같이 쫓아다니면서 목숨을 거두었다.

촤락!

"크허어억!"

"…살려둘 수 없다! 지옥에서 너희들의 죄를 뉘우치면서 살아라!"

도망가는 족족 사람이 죽자 결국 팽가의 연구원들은 검을 뽑아 들었다.

챙!

"이렇게 속수무책으로 죽느니 차라리 칼이라도 쥐어보고
죽읍시다!"

"옳소!"

"무식하면 용감하다더니 정말인 모양이군."

카미엘은 검을 뽑아 마력의 일갈을 터뜨렸다.

"파워워드 킬!"

끼이이이잉, 퍼엉!

술자의 주변에 있는 생명체의 생명력이 사기로 변하면서 폭
발을 일으키는 파워워드 킬은 검을 든 모든 연구원을 일격에
죽음으로 인도하였다.

콰앙!

"끄웨에에엑!"

"끄으으으……."

"생명을 무참히 도륙 내는 것은 이것으로 끝이었으면 좋겠
군."

카미엘은 계속해서 사냥을 이어나갔다.

*　　　　*　　　　*

화창한 날씨와 적당한 바람.

오늘과 같은 날은 항해를 하기에 가장 좋은 날이 분명했다.

명화방의 깃발을 단 배 한 척이 인도양을 부유하고 있다.

태하와 카미엘, 천태, 천하랑, 설화령은 지구를 인위적 멸망으로 이끈 화근을 전부 제거하였다.

하지만 인류는 끝도 없는 전쟁을 일으킬 것이고, 기아와 역병이 창궐하여 많은 사람들이 죽어나갈 것이다.

그러나 그것은 인류의 역사이며 이들이 관여할 만한 사건이 아니었다.

앞으로 태하 일행은 악의 시종과 같은 사악한 도구를 가지고 인류를 위협하는 무리를 상대로만 싸우게 될 것이다.

천하랑과 설화령은 배 위에서 천태에게 큰절을 올렸다.

"아버님, 소자 여기서 인사드립니다."

"그래, 부디 네 아내의 성별을 바꾸는 규화보전을 손에 넣었으면 좋겠구나."

"반드시 그렇게 될 것입니다. 만약 가능하다면 아버님의 성별을 바꾸는 방법에 대해서도 알아보겠습니다."

"후후, 이제 와서 몸뚱어리가 뭐 그리 중요하겠느냐? 중요한 것은 내가 어떤 사람인가에 대한 것이지."

"아버님……."

천태는 아들 천하랑의 얼굴을 쓰다듬었다.

"하랑아, 너는 내 아들이다. 어떤 경우가 있더라도 그것만큼은 잊지 말아라."

"예, 아버님. 소자, 명심하겠습니다."

일행은 이제 10년에 한 번씩 명화방을 통하여 회합하고 또 다시 10년을 기약하고 헤어지는 일상을 반복할 계획이다.

이들은 인류에 극심한 피해를 주는 천하마술단과 같은 단체를 조직하지 않을 것, 너무 큰 권력을 손에 쥐지 않을 것, 위인으로서 자신을 알리지 않을 것을 약속했다.

하지만 자신의 취미 생활로 부를 축적하거나 지식을 쌓는 일은 서로 상관하지 않기로 했다.

다만 부를 축적하여 가난한 사람들에게 나누어줄 것과 인류의 발전에 좋은 영향을 미치는 지식만을 쌓기로 했다.

또한 부를 축적하되 남에게 과시하지 않으며 절대 욕심을 부리지 않는 것을 철칙으로 정하였다.

천태와 카미엘은 이제 전 세계를 유랑하면서 각 지방의 술을 빼놓지 않고 마셔볼 요량이다.

"우리는 명화방의 분타를 따라서 유랑하며 술이나 퍼마실 생각일세. 김 대협, 자네는 무엇을 하고 싶은가?"

태하는 옅은 미소를 지었다.

"공부를 해보고 싶습니다."

"공부?"

"지금부터 이 시대에 있는 모든 학문을 공부하고 그 지식을 발전시키고 싶습니다. 또한 거듭되는 역사를 기록하여 후대에 남기고 싶기도 하고요. 그릇된 역사는 바로잡고 후대에 좋은 밑거름이 되도록 노력하고 싶습니다."

"역시 자네답군."

이제 일행은 서로에게 손을 흔들었다.

"잘 사십시오!"

"모두 잘 살아요!"

"10년 후에 봅세!"

앞으로 10년 후의 모습이 어떻게 변할지 자못 궁금해지는 태하이다.

*   *   *

명화방에서 연금 식으로 돈을 수령하게 해준 천태의 배려로 인해 태하는 앞으로 명화방이 없어질 때까지 돈 걱정은 하지 않고 살 수 있게 되었다.

그는 이두마차를 끌고 이스탄불을 지나 그리스로 향하고 있다.

아직 히우네와 결혼식을 올리지 않은 태하는 두 사람이 만족하는 광경이 보이면 그곳에서 결혼식을 올리고 정식 부부가 되기로 했다.

어차피 인류의 존립과 운명을 같이하게 된 태하와 히우네로선 언제 결혼식을 올려도 상관이 없었다.

다만 최고의 풍경을 보면서 첫날밤을 치르고 싶다는 로망 때문에 두 사람은 여행을 거듭하고 있는 것이다.

두 사람은 손을 꼭 잡은 채 함께 마부석에 앉았다.

태하가 히우네에게 물었다.

"나를 따른 것이 후회되지 않아요?"

"전혀요."

"앞으로 나 말고 다른 사내를 만난다고 해도 난 말리지 못해요. 억겁의 시간을 견뎌야 하니까요."

"그럴 일 절대로 없어요. 난 당신이 다른 여자를 만난다면 두 눈을 멀게 만들어 버릴 거예요. 다시는 한눈을 팔 수 없도록 말이죠."

"…무서운 여자네."

"그러니 앞으로 영원히 나를 외롭게 하지 말아요."

"다른 것은 몰라도 그것 하나만큼은 꼭 지키겠습니다."

두 사람의 앞에 놓인 길은 결코 만만치 않은 오르막길이다.

더 이상 오를 곳이 없는 정상까지 올라가자면 인간으로선 상상조차 할 수 없는 시간이 흘러야 할 것이다.

그들은 이제 탄탄한 믿음과 사랑으로 그 오르막길을 아주 천천히 올라가야 한다.

"잘 부탁해요."

"저야말로."

태하와 히우네는 입을 맞추었다.

그러곤 이내 자신들의 앞을 화려하게 수놓은 노을을 잠시 감상하였다.

"좋네요."

"그러게요."

히우네는 갑자기 태하에게 결혼을 제안하였다.

"태하 씨, 지금이에요."

"지, 지금?"

"우리 당장 결혼해요."

태하는 실소를 흘렸다.

"하하, 그래요. 결혼이라는 것이 뭐 별거겠습니까? 당신과 내가 하나가 되면 그만이지."

그는 카미엘이 만들어준 반지를 꺼내 들었다.

"카미엘이 마지막 남은 마정석으로 만들어준 반지입니다."

"반지요?"

"서로의 영혼과 영혼을 연결시켜 주는 것이라고 하더군요."

두 사람은 서로의 손에 반지를 끼워주며 아주 짧은 서약문을 읊었다.

"앞으로 우리 두 사람은 기쁘거나 슬프거나 괴롭거나 외로워도 결코 맞잡은 손을 놓지 않겠습니다. 부디 한날한시에 죽을 수 있기를……."

바로 그때, 두 사람의 영혼이 강력한 마력으로 묶이면서 연결되었다.

이로써 두 사람은 죽어도 같이 죽고 살아도 같이 사는 운명 공동체가 되었다.

태하 부부는 그제야 카미엘이 이 반지를 선물해 준 의미를 깨달을 수 있었다.

"역시 오래 산 사람은 생각이 참 깊네요."

"몇백 년을 살았잖아요."

이제 진정한 부부가 된 두 사람은 노을이 비치는 이곳에서 사랑을 나누었다.

그 사랑은 인류가 멸망할 때까지 계속될 것이다.

8. 새로 시작하는 세계

늦은 밤, 영국 웰리튼에 비가 내리고 있다.

솨아아아아아!

이곳은 최근 영국 왕실에서 웰리튼과 램튼을 합병시켜 병참기지로 사용한다고 선언한 후 사람들이 거의 대부분 보상금을 받고 이주한 상태였다.

그나마 웰리튼의 지역 유지이던 엑트린 가문만이 보상에서 제외되어 이곳을 지키고 있었다.

그런 웰리튼의 엑트린 가문으로 수많은 마차와 사람들이 봇짐을 챙겨 찾아왔다.

"아이고, 아이고!"

곡소리가 울려 퍼지는 엑트린 저택에서는 한날한시에 숨을 거둔 엑트린 가문의 나르서스, 세실리아 부부의 장례식이 열리고 있었다.

이번 장례식에는 웰리튼에 고향을 두고 있는 모든 사람들이 먼 길 마다하지 않고 달려와 음식을 나누고 술을 헌납하였다.

85세의 나이로 숨을 거둔 나르서스 부부는 그 덕망에 걸맞은 성대한 장례식을 주변에서 대신 치러주었다.

정작 상주인 일레이나는 부모님의 유언에 따라서 그저 작은 푯말 하나 붙이고 장례식을 치를 생각이었으나, 이곳의 옛 주민들이 알아서 장례식을 성대하게 꾸미는 바람에 뜻하지 않게도 저택이 꽉꽉 들어차도록 꽃이 넘쳐났다.

일레이나는 자신은 미처 알지도 못한 사람들이 모두 다 찾아와 술을 헌납하고 꽃을 헌화하는 모습을 보며 부모님이 얼마나 덕망 높은 사람들이었는지 새삼 깨닫게 되었다.

그녀의 남편이자 영국의 정치가인 필립 휴고스톤은 장인 내외의 드높은 명성에 감탄하였다.

"아무리 귀족이 죽어도 이렇게 많은 사람들이 찾지는 않을 것이오. 더군다나 귀족이 죽는다고 해서 그 죽음을 진심으로 슬퍼할 사람이 몇이나 되겠소? 나는 정말 아직도 장인께 배울 것이 많은 사람이오."

"고마워요, 그렇게 말해줘서."

필립은 고개를 저었다.

"나는 진심이오. 솔직히 말해서 만약 장인께서 나를 밀어주시지 않았다면 내가 이 자리까지 올 수 있었겠소? 아마 장인이 계시지 않았더라면 나는 지금쯤 시골에서 소작농이나 부리면서 살고 있겠지. 그런 무지한 나를 양지로 이끌어주신 분이 장인이시오."

"…그래요. 그건 그렇지요."

"장인은 나에게 스승이자 구원자였소. 그분께서 작고하신 것이 이렇게 뼈아플 줄은 나 스스로도 미처 몰랐소."

나르서스 부부는 일레이나를 시집보낼 때 그 집안의 작위나 명성을 보지 않고 사람의 됨됨이를 보았다.

비록 작위는 있으나 출셋길이 막혀 버린 남자를 사위로 들여 그 집안과 사돈을 맺고 물심양면으로 사위를 입신양명시켰다.

원체 사람의 됨됨이가 똑바르고 굳건하던 필립은 정치계에서 그 입지가 굳어져 나라의 중역 반열에 올랐고, 그 힘을 가지고 백성들을 구제하는 데 힘을 쏟았다.

그런 그가 가장 존경해 마지않는 사람은 다름 아닌 나르서스였고, 장인이 죽었다는 소식을 들었을 때엔 딸보다 더 슬퍼하였다.

그는 애써 눈물을 참았다.

"우리 가문에서 장인어른 내외의 동상을 제작하여 이곳에 비석과 함께 세울 것이오. 괜찮겠소?"

"물론이죠."

필립은 이곳에 모인 주민들에게 외쳤다.

"이보시오! 나는 이곳 엑트린 가문의 사위이외다! 이 사위가 여러분에게 상의드릴 일이 있소!"

"무엇이오?"

"나는 이곳 웰리튼에 나르서스, 세실리아 엑트린 부부의 동상과 비석을 세울 작정이오!"

"오오, 좋은 생각이오!"

"만약 함께 두 분을 기리고자 하는 사람이 있다면 나를 따르시오! 장례가 끝난 후에 입관식을 거행하면서 함께 동상을 세울 것이니 나와 함께 직접 삽을 잡을 사람들은 따라오시면 될 것이오!"

"좋소!"

지휘 고하를 막론하고 모두 삽을 잡겠다고 나온 사람들 덕분에 비석과 동상은 굳이 마차 없이도 옮길 수 있었다.

사람의 손과 손을 타고 이동한 비석과 동상은 입관될 묘지 앞에 세워졌다.

"하나, 둘, 셋! 세우시오!"

쿵!

수많은 인력이 동원되어 세워진 동상의 크기는 5미터에 이르렀으며, 비석에는 지금까지 두 부부가 행한 선행들이 일대기 형식으로 기록되었다.

필립은 비석을 세우고 입관까지 모두 마치고 나서야 울음을 터뜨렸다.

"흑흑, 잘 가십시오! 결코 잊지 않겠습니다!"

"잘 가십시오!"

울음과 울음이 끊이지 않는 가운데, 저 먼발치에서 이 광경을 지켜보는 사람이 있었다.

검은색 로브를 머리끝까지 뒤집어쓴 그는 조용히 눈물을 훔치며 큰절을 두 번 올렸다.

일레이나는 그가 장례식 첫날부터 이곳에 있었다는 것을 알고 있었다.

하지만 그녀는 굳이 그에게 아는 척을 하지 않았다.

그는 조용히 혼자서 조문을 하고 혼자서 슬퍼하다가 땅에 브랜디를 뿌린 후 장례식을 마쳤다.

돌아서려는 그에게 일레이나가 마침내 다가섰다.

"오셨군요."

"……"

"부모님께서 보고 싶어 하셨어요."

"…이것을 부모님께 전해드리고 싶었어."

그가 건넨 것은 다이아몬드 반지 한 쌍이었다.

"가시는 길에 노잣돈이라도 하셨으면 해서."

"비석 위에 걸어놓을게요."

"고맙군."

사내는 돌아섰고, 일레이나는 손을 흔들었다.

"잘 가요."

"……."

그는 결국 사라질 때까지 말이 없었다.

일레이나는 생각에 잠겼다.

'모두 잘 살고 있으려나?'

그녀 얼마간 그 자리에 망부석처럼 가만히 서 있었다.

*   *   *

늦봄, 중원무림에 흉흉한 소문이 돌기 시작했다.

검은색 복면을 쓴 두 쌍괴가 구대문파를 돌면서 비급이란 비급은 전부 다 훔쳐 간다는 것이었다.

사람들은 이 두 쌍괴를 두고 흑면쌍괴라고 이름 붙였다.

흑면쌍괴는 구대문파에 두서없이 쳐들어와 장문과 제자들

을 단 10수에 제압하고 전승비기가 담긴 비급을 탈취해서 유유히 사라지곤 했다.

한데 이상한 것은 이들이 탈취해 간 비급은 꼭 나흘 만에 다시 장문인의 손으로 돌아와 있었다.

도대체 흑면쌍괴가 원하는 것이 무엇인지 알 만한 사람도 없고 그들의 의도를 파악하기도 힘들었기 때문에 무림은 이에 대해 도대체 어떻게 대처해야 할지 갈피를 잡지 못했다.

중원무림의 거대한 축이라 할 수 있는 소림사로 구대문파의 장문인들이 모여들었다.

화산파의 장문인 은역산은 소림사 내정각의 바닥을 손바닥으로 치며 한탄하였다.

쿵, 쿵!

"이게 무슨 날벼락입니까? 여태까지 남궁세가만 믿고 있다가 무공비급이 다 털렸습니다. 이제 우리는 무슨 낯으로 조상님을 뵙습니까? 비급이란 비급은 다 털리고 장문이라는 자는 제자들을 끼고도 열 수를 버티지 못했으니……."

"도대체 그런 엄청난 놈들이 어디서 나타난 것일까요? 난 그게 더 궁금합니다."

"…지금 그게 문제입니까? 앞으로 그놈들이 우리의 무공을 죄다 익혀서 무슨 짓을 벌일지 모르는데."

소림사의 방장 적문 대사는 그들의 걱정이 기우라고 생각했다.

"무량수불, 생각을 좀 해보십시오. 만약 놈들이 우리에게 해를 가하려고 했다면 진즉 멸문지화를 당했을 겁니다. 하지만 각 문파에 사상자가 발생했습니까?"

"그건……."

"중상은 고사하고 경상조차 없이 아주 깔끔하게 비급만 훔쳐서 달아났습니다. 그리고 그것을 나흘 만에 돌려주었지요. 이 세상의 그 어떤 누구도 문파의 전승비기를 나흘 만에 풀어낼 수는 없어요. 그리고 그들의 성취는 굳이 비기 따윈 필요도 없어 보였습니다."

"그럼 왜……."

"뭔가를 찾고 있는 겁니다."

"아아!"

"그들에게 필요한 것이 있을 터, 우리가 그것만 전해주고 나면 아마도 이런 급습이 터지는 일이 없어지겠지요."

"하지만 그들이 원하는 물건이 도대체 무엇인 줄 알고?"

무당파의 장채석이 주변을 둘러보며 말했다.

"이미 우리 구대문파는 다 털려서 남은 것이 없지요?"

"예, 그렇습니다."

"그럼 남은 오대세가에게 전언을 넣어 저항하지 말고 원하는 것을 물어보라 전하면 되지 않겠습니까?"

그의 의견에 모두 무릎을 치면서도 상당히 회의적인 반응을 보였다.

"옳거니!"

"하지만 문제는 그들이 우리의 말을 귓등으로도 안 들을 것이라는 점이지요."

"크흠."

"그럼 별수 없지요. 우리가 오대세가 주변에 죽치고 있는 수밖에."

"아아!"

장채석은 다섯 개의 세가에 각각 문파 한두 개씩 달라붙어 전담해야 한다고 역설했다.

"이제는 힘을 합쳐야 합니다. 우리가 더 이상 유린당하는 것을 천하에 까발릴 수는 없잖습니까?"

"그래요. 그건 그렇습니다."

"하니 모두 각자 짝을 지어서 세가 하나씩을 담당합시다. 우리 중에서 소림이 가장 세력이 크니 소림은 하나의 세가를 담당해 주시지요."

"무량수불, 그리하겠습니다."

이제 구대문파는 오대세가 담벼락에 바짝 붙어 염탐꾼 짓을 하게 생겼다.

　　　　*　　　　*　　　　*

　천하랑 부부는 지금껏 구대문파를 각개격파로 처리하여 무
공 서적을 전부 털어보았지만 나오는 것이 없었다.

　천하제일의 무림인들이 모인 집단이라고 해서 습격을 해보
았지만 별다른 성과를 거둘 수 없었던 것이다.

　그리하여 두 부부는 남궁세가를 습격하여 자신들이 원하
는 규화보전을 손에 넣기로 했다.

　두 사람은 남궁세가 장원을 앞에 둔 채 서 있었다.

　설화령이 천하랑에게 물었다.

　"만약 이곳에 비급이 없으면 어쩌죠?"

　"그럼 다른 곳으로 가봐야지."

　"이렇게 찾았는데 평생 나오지 않는다면……."

　"그렇다면 평생 찾아다닐 거야."

　"하랑……."

　"나는 당신이 정체성에 혼란을 겪으면서 살아가도록 내버려
두지 않을 거야. 특히나 매일 남자의 몸을 보면서 고통스러워
하는 당신을 보는 것이 너무 괴로워 견딜 수가 없거든."

　"당신은 진정으로 나를 사랑하시는군요."

　"남편이니까."

　두 사람은 손을 꼭 잡았다.

"이번에는 부디 좋은 성과가 있기를 바라보자고."

"그래요."

부부는 마치 그림자와 같은 신형을 빠르게 날려 장원의 한가운데로 뚝 떨어져 내렸다.

파밧!

그들은 수많은 병사들과 검객이 몰려 있는 앞마당에 착지하였다.

한데 오늘은 이상하게도 자신들이 침입했음에도 검을 뽑거나 장을 치려는 사람들이 없었다.

오히려 그들은 차분하게 천하랑 부부를 바라보고 있을 뿐이었다.

"덤비지 않는 것이오?"

"그럴 필요가 없다고 생각했습니다."

"……?"

자세히 들여다 보니 이곳에 모인 사람들은 구대문파의 장문인과 그 제자들이었다.

그들은 부부에게 일제히 포권을 취했다.

좌라라락!

"대협, 부디 우리에게 원하는 것을 말씀하시고 화친하는 것이 어떻겠습니까?"

"화친?"

"분명 뭔가 원하는 것이 있으니 우리를 족치고 다닌 것 아니십니까?"

"으음."

"원하는 것을 드리겠습니다. 그러니 우리를 더 이상 괴롭히지 말아주십시오."

천하랑은 이들이 하도 얻어터져서 궁여지책으로 화친을 거론하는 것이라고 생각했다.

만약 평소와 같았다면 그냥 들이받아 옛날의 원수를 갚았겠지만 지금은 시간의 억류에 걸려 언약을 행해야 할 때였다.

천하랑은 고개를 끄덕였다.

"뭐, 좋소. 원하는 것이 있으니 내어놓으신다면 더 이상 싸움을 걸지 않겠소."

"그게 뭡니까?"

"규화보전이오."

순간, 그의 말에 무인들이 고개를 갸웃거렸다.

"그, 그런 흉물스러운 것을 왜……."

"사정을 말하자면 기니 일단 그것을 내놓으시오. 그렇게만 된다면 더 이상 싸울 일은 없을 것이외다."

"으음."

가만히 두 사람의 얘기를 듣고 있던 소림사 방장이 손을 번쩍 들었다.

"아미타불, 그렇다면 규화보전을 넘겨드리겠습니다."

"위치에 대해 아시오?"

무림인들은 대수롭지 않게 답했다.

"익히는 즉시 무공이 화경 이상의 경지로 껑충 뛴다는 규화보전이지만 화경의 경지를 위해서 낭심을… 포기하는 사람은 아마 없을 것이외다. 차라리 죽고 말지."

"그랬군."

"뭐, 여자들이 규화보전을 익히면 상관이 없지 않겠냐고 생각하겠지만, 그것은 착각입니다. 여자는 무공을 익혀봐야 별 소용이 없어요. 성별이 변하는 데에 따른 부작용으로 무공이 강력해지는 것이니."

두 사람은 규화보전이 왜 이토록 천대를 받는지 이제야 깨닫게 되었다.

"그래, 그랬던 것이군."

"아무튼 이 쓸모없는 무공 서적이 필요하다면 가져가십시오. 다만 워낙 흉물스러운 것이니 필요한 만큼 연성하고 불태워 주시거나 봉인해 주십시오. 그게 유일한 조건입니다."

"맞습니다. 규화보전으로 인해 성별이 마구 바뀌어 세상에 혼란이 찾아온다면 우리는 감당할 수 없을 겁니다."

"알겠소. 우리가 이것을 연성한 후에 곧바로 불태우겠소. 약속은 꼭 지키리다."

"고맙습니다."

소림사 방장은 당장 제자에게 명령하여 규화보전을 가지고 오도록 지시하였다.

그리고 대략 몇 시간 후, 정말 진본 규화보전이 천하랑의 수중에 떨어졌다.

촤라라락!

책의 내용을 대략 읽어본 천하랑은 이것이야말로 진정 성별을 바꿀 수 있는 절기임을 깨달았다.

"극양의 기운을 순식간에 바닥까지 끌어내리고 그 안에서 생겨난 음기만 취하여 몸에 지니니 당연히 양물이 떨어져 나갈 수밖에."

"아미타불……."

"아무튼 고맙소. 잘 익히고 반드시 불태우겠소."

두 부부는 이내 다시 자취를 감추어 버렸고, 그 이후론 무림에 피바람이 부는 일이 없었다.

*   *   *

차원의 틈이 봉인된 지 100년이 지났다.

쏴아아아아!

시원한 바람이 부는 지중해 한가운데에 명화방의 배 한 척이 떠 있다.

배 위에는 술독을 옆구리에 끼고 마주 앉아 장기를 두고 있는 두 사람이 있었다.

"장이요!"

"어허, 멍이로세!"

"이런, 100년 사이에 실력이 아주 일취월장하였군그래."

"요즘은 장기보다는 바둑이 재미가 있는 것 같은데, 한번 배워볼 텐가?"

"좋지."

이제 카미엘과 천태는 100년 지기로 지내면서 켜켜이 우정을 쌓아나가는 중이다.

불과 100년 사이에 울고 웃을 일들이 많았는데, 카미엘은 부모를 여의고 천태는 손자를 떠나보내는 고통을 겪었다.

이들이 그런 말도 안 되는 일들을 겪으면서도 정신이 멀쩡할 수 있던 것은 한잔의 술과 장기 덕분이었다.

가끔씩은 시를 짓거나 무학을 논하고 때론 앞날에 대해 상의하면서 서로 의지가 되어가고 있던 것이다.

천태는 술을 마시다가 문득 이런 생각이 들었다.

"그나저나 이 술은 왜 이렇게 산도가 강하지? 다 좋은데 술이 너무 시어. 시큼털털해서 본연의 향이 다 가려진다고 해야하나?"

"흠, 나 역시 같은 생각일세."

"만약 내가 술을 담근다면 이 산도를 적당히 이용하여 풍미를 더하고 산의 진정한 맛을 느낄 수 있게 할 텐데 말이야."

카미엘은 아주 단순하게 말했다.

"그럼 자네가 직접 술을 담가."

"내가?"

"술을 직접 빚는 것도 하나의 정신 수양이라고 하잖나?"

"오호라!"

"전 세계를 돌면서 술을 마시는 것도 좋지만 술을 빚어보는 것도 나쁘지는 않다고 생각하네."

천태는 무릎을 쳤다.

따악!

"그래, 그게 좋겠군. 기왕지사 술에 취미를 갖게 된 김에 그것을 만들어보면 더 좋겠군."

"매일 술을 빚으면서 거나하게 취할 수 있다면 그 또한 행복이 아니겠나?"

두 사람은 다시 술로서 의기투합하였다.

"네덜란드에 양조장을 만드세."

"좋아, 그곳에 양조장을 차리고 전 세계를 돌면서 레시피를 받아오자고. 그곳에서 한 10년씩 술을 배워오면 한 분야의 장인이 되지 않겠나?"

"좋은 생각일세."

어차피 남아도는 것이 시간인 이들에게 술을 배우는 데 투자할 시간은 그리 아까운 것이 아니었다.

그렇다면 이제 생각을 본격적으로 옮기는 것만 남았다.

"가세, 네덜란드로!"

"좋지!"

"자, 배를 돌려라! 네덜란드로 간다!"

"예!"

배를 함께 타고 있는 사람들은 대부분 오갈 곳이 없는 부랑자들인데, 두 사람에게 항해술을 배워 정처 없이 떠돌고 있는 것이다.

선원들의 품삯은 명화방에서 나오는 돈으로 충당하고 유랑하는 데 들어가는 돈 역시 그곳에서 조달하고 있었다.

지금 명화방의 지분이 100이라면 이들이 가지고 있는 지분은 각각 2.7% 정도 된다고 볼 수 있다.

원래 명화방은 전체적인 자본금에서 매번 늘어나는 수익금을 방의 구성원들에게 배당 형식으로 나누어주기 때문에 이들도 마찬가지로 배당을 받을 수 있었다.

2.7이라는 숫자는 언뜻 보기에 그렇게 큰 숫자는 아닌 것 같지만 전 세계를 누비는 명화방임을 생각하면 어마어마한 수치라고 할 수 있었다.

두 사람은 이 넉넉한 자금을 가지고 실컷 술이나 빚으면서 살 생각이다.

*　　　*　　　*

세월이 꽤 많이 흘렀다.

이제 중국의 정권은 명에서 청으로 교체되었고, 그로 인하여 난이 일어나고 조선반도가 불에 타는 일까지 벌어졌다.

하지만 명화방은 물론이고 태하 일행은 역사에 한 치의 개입도 용납지 않은 채 살아갔다.

그리하여 흘러간 세월이 수백 년이고, 이제 드디어 문제의 팽절학 부부가 혼인을 약속한 날이 되었다.

팽절학은 정파무림맹에 소속된 자신이 천가의 후예를 만난 것에 대해 끝도 없는 안타까움을 자아내고 있었다.

"하늘도 무심하시지. 어찌하여 이렇게 사모하는 두 사람이 정사의 한 귀퉁이에서 나왔을꼬."

"절학, 그냥 우리 도망가요. 그러면 모두가 편해질 거예요."

"하지만 나는 하북팽가의 후기지수요. 내가 없다면 그나마 무너져 가는 가세를 일으켜 세울 수 없을 것이란 말이오."

"가문……"

"그래, 가문. 우리의 사랑은 영원하오. 만약 도망을 쳐 산다면 충분히 행복하게 살 수 있을 것이오. 하지만 우리의 자식은 어떻게 되겠소? 집안도 없는 천한 노비 자식이라 손가락질을 받지 않겠소?"

"맞아요. 내 생각이 짧았어요."

그는 천월령에게 양자 간의 택일을 종용했다.

"천가, 아니면 팽가, 둘 중에 하나는 선택해야 하오. 그래야 우리 아들이 살 수 있소."

"…그렇다면 팽가로 가요. 천가는 중원 전체의 흐름을 보았을 때 그리 좋은 선택이 아닌 것 같아요. 기왕지사 명예로 먹고사는 무인이라면 정도무림맹에 가입되어 있는 것이 좋지요."

"알겠소. 그럼……."

두 사람이 백석산 버드나무 아래에서 언약을 맺으려는 찰나, 하늘에서 한 인물이 뚝 하고 떨어져 내렸다.

스윽!

"허, 허억!"

"…뭐, 뭐지?!"

화들짝 놀란 두 사람에게 의문의 인물이 말했다.

"갑작스럽지만 제안을 하나 하겠소. 이곳에서 낙동강 오리알 신세로 살 것인지, 아니면 천민의 자식을 키우면서 살 것인지 걱정하는 것 같으니 내가 새로운 땅으로 보내주겠소."

"새로운 땅?"

"서역의 땅 말이오. 그곳에서 몇 년 동안 말을 배워서 산다면 이곳에서 천덕꾸러기로 사는 것보다야 훨씬 나을 것이오."

"하지만 서역이라는 그곳으로 간다고 한들 우리가 무슨 재주로 먹고살겠소?"

"살 집과 먹고살 궁리는 내가 해주겠소. 아이를 남부럽지 않게 키울 수 있는 사람이 되도록 만들어 드리지."

"……!"

"다만 조건이 있소. 그대들의 이름, 지연, 학연, 가문까지 모든 것을 버려야 할 것이오. 다시는 이 땅으로 돌아올 수도 없으며, 해외에서 천가나 팽가의 이름을 썼다간 칼을 맞아 죽을 수도 있소."

"그것이 당신의 조건이오?"

"그렇소."

"하지만 무엇보다 내가 당신을 어떻게 믿느냐가 관건이겠지."

"아아, 그렇겠군. 당신이 나를 믿자면 그에 대한 증거가 있어야겠지."

남자가 뒤를 돌아보자 두 남녀가 금이 가득 든 궤짝을 두 개 가지고 나왔다.

짤랑!

"금화요. 무게로 따진다면 사람 세 명쯤 되겠지. 이 정도면 저택 하나 사고 장사를 할 만한 배를 한 척 구할 수 있을 게요. 만약 장사를 배우고 사람을 부리는 법을 터득하게 된다면 밑에서 일하는 선원이나 상단원들도 거느릴 수 있겠지."

"이, 이걸 모두 다 준다는 소리요?"

"물론 돈을 주는 데 그냥 줄 수는 없지."

"……?"

"당신이 벌어들인 수익의 2%를 내가 가지고 가겠소. 그것도 평생 말이오."

"그러니까 당신은 나에게 투자를 하는 셈이군."

"그렇소. 내가 당신의 무엇을 보고 투자하느냐고 생각하겠지만, 어차피 이 세상 모든 장사가 모험이외다. 당신은 팽가의 후기지수이니 뭔가 달라도 다를 것이라 생각했소. 그러니 투자하는 것이고."

팽절학은 약간 고민을 하고 있었지만 천월령은 이미 마음을 굳힌 것 같았다.

"좋아요, 그렇게 합시다."

"워, 월령?"

"절학, 이곳에서 더 이상 천덕꾸러기로 살 수는 없잖아요? 아이를 생각하면 서역으로 뜨는 편이 나을 거예요."

"으음……."

"부인께서 아주 현명하시구려. 맞소. 다른 것은 다 집어치우고 아이를 위해서라면 당연히 서역으로 가는 편이 좋지."

팽절학은 결단을 내렸다.

"좋소, 그럼 그렇게 합시다."

"잘 생각하셨소."

남자는 금장이 박힌 양피지를 꺼내 들었다.

"이 안에 지워지지 않는 잉크로 서명하시오. 우리는 이것을 왕실과 교황청에 보내어 공중 설 사람을 찾아 공증할 것이오. 그러니 행여나 2%의 수수료를 내지 않으면 당장 거지가 될 수도 있소."

"물론이오."

스으으윽!

두 사람은 양피지에 친필로 서명한 후에 지장까지 찍어 완벽하게 증거를 남겼다.

이제 금화는 모두 두 부부의 것이 되었다.

"계약이 끝났으니 지금 당장 서역으로 갑시다. 한시라도 빨리 그곳에서 적응하는 편이 좋을 것이오. 당분간 장사를 배워야 하기도 하고."

"그럽시다."

이로써 천월령과 팽절학은 극악무도한 운명에서 벗어나 새로운 삶을 개척하게 되었다.

이들은 아메리카 대륙으로 향했다.

*　　　*　　　*

차원의 틈이 봉인된 지 수백 년이 흘러 이제는 산업화 혁명과 1, 2차 세계대전이 인류의 흐름을 바꾸어놓았다.

종교와 종교, 이념과 이념이 대립한 세상이지만 수백 년 전의 세상과는 확연히 달라져 있었다.

서기 2014년, 대한민국 최고의 기업 집단 대한그룹의 이사회가 열리고 있다.

대한그룹 본사에서 열린 이사회에는 와병 중이던 회장 김태평이 직접 호흡기를 붙잡고 참석하였다.

그룹 내 이사진은 그 모습을 아슬아슬한 마음으로 지켜보고 있었다.

물론 그중에서도 가장 안절부절못하는 사람은 바로 다음 후계자인 김충평이었다.

김충평은 원래 김태평보다 연배가 높기 때문에 나이로 따진다면 그가 회장이 되어야 했다.

하지만 당시 회사 내부 사정과 후계 구도의 정당성을 따져 김태평이 회장이 된 것이다.

김태평 정권에서 30년 동안 회사가 발전하여 지금의 거대그룹이 되었고 대한민국 제일의 그룹을 넘어서 글로벌 그룹으로 성장했다.

그러나 김태평은 30년 동안 자식을 낳지 못하여 후계자를 지정할 수가 없었고, 어쩔 수 없이 후계권을 김충평에게 넘기기로 한 것이다.

김충평 역시 그리 나이가 적은 편이 아니었기 때문에 아마도 그 후계는 아들 김태우에게 돌아갈 것이 분명했다.

하나 김태평은 아직 어린 김태우가 정권을 잡기보다는 그래도 여생이 몇 년이라도 남은 김충평에게 모든 것을 넘기기로 한 것이다.

"후욱, 후욱!"

숨이 다 끊어져 가는 와중에도 가문을 생각하는 김태평의 의지는 대단하였다.

김태평은 김충평 회장에게 가까이 오라는 손짓을 보냈다.

"혀, 형님……."

"그래, 내가 여기 있다!"

그는 자신보다 먼저 갈 동생을 한숨 섞인 얼굴로 바라보았다.

"후우, 태어난 순서는 있어도 가는 순서는 없다더니 인생무상이구나."

"…그러게 말입니다."

김태평은 김충평의 손을 잡았다.

"형님, 태우가 그룹 내에서 자리를 잡을 때까지 형님께서 자리를 보존해 주십시오."

"그러다 내가 급사라도 하면 어쩌려고 그러느냐? 차라리 화평이에게……."

"화평 형님은 비즈니스엔 적합하지 않습니다. 집안 말아먹으려고 그러십니까?"

"알지. 하지만 나도 그리 상태가 좋지는 않아."

현재 김충평 역시 심부전을 앓고 있어 점점 수명의 불이 꺼져가는 줄이었다.

심장 이식이 불가능할 정도로 주변 장기들이 망가진 김충평 역시 이사회에 나오는 것조차 힘들어했다.

김태평은 손에 힘을 꽉 주었다.

"형님, 아버지께서 이 회사를 저에게 넘겨주실 때 뭐라고 하셨습니까?"

"…내가 너를 잘 보필하라고 했지."

"이제는 그 마무리를 지을 때입니다. 저는 회장 자리에서 30년 동안 골머리를 썩느라 오장육부가 다 병들었습니다. 뭐, 형님도 그에 못지않다는 것을 잘 압니다만, 그래도 대안이 없지 않습니까?"

사람의 욕심이라는 것은 자신이 간절히 원하지 않으면 그

색이 바래지게 마련이다.

김충평은 어차피 자신의 가문에게 후계가 돌아올 것이라고 생각하고 있었기 때문에 큰 야망을 버리고 회사를 키우는 데 전력을 다했다.

이제 슬슬 재야로 나아가 쉬면서 죽음을 맞이하려 하던 김충평은 동생의 간곡한 부탁에 어쩔 수 없이 회장 직에 앉을 수밖에 없게 되었다.

"…명예 회장도 한 번 회장에 앉았어야 대접을 해줍니다. 그러니 힘드셔도 형님께서 고생해 주십시오. 이 동생의 마지막 부탁입니다."

"후우! 그래, 알겠다. 동생도 일을 하다가 병들어 죽었는데 형이라고 편하게 있을 수 있겠느냐? 비록 내가 급사를 할지언정 후계 구도는 마무리 짓고 죽으마."

"고맙습니다."

이윽고 김태평이 차차기 회장 김태우를 불러냈다.

"태, 태우."

"예, 숙부님!"

"…아버지를 잘 보필하여 회장 직을 잃지 않도록 주의하여라. 차기 회장으로서 밉보이는 짓을 하지 말고 언제나 가문과 회사만을 생각하는 사람이 되어야 한다. 이제는 네 휘하에 수만 명의 사람들이 있다. 그들의 생계가 네 손에 달린 것이다."

"예, 숙부."

김태평은 김태우의 뺨을 있는 힘껏 후려쳤다.

짜악!

"으윽……."

"결코 잊지 말라는 뜻이다. 이 아픔을 죽을 때까지 기억하라."

"예……."

잠시 후, 김태평이 김충평의 손을 다시 잡았다.

"혀, 형님, 내 식솔을 잘 부탁합니다!"

"그래, 알겠네!"

"아아……!"

김태평은 이사회장에서 숨을 거두었고, 그의 마지막 유언은 모든 이사진과 고문변호사들을 통하여 하나도 빠짐없이 기록되었다.

*　　　*　　　*

다음 날, 대한병원 지하실에서 김태평 회장의 장례식이 열렸다.

"아이고, 아이고!"

곡소리가 병원 지하실 밖을 뚫고 나오고 있다.

김충평은 동생이 죽었다는 충격 때문에 심장에 무리가 왔고, 지금 대한병원 중환자실에서 생사를 다투고 있었다.

덕분에 홀로 남은 김태우가 조문객을 받고 상주 노릇을 하고 있었다.

"흑흑……."

늦은 밤까지 울고 있는 김태평의 아내 유정화를 바라보며 김태우가 한숨을 푹 내쉬었다.

"작은어머니, 왜 이렇게 우세요?"

"…울지 않으려 했건만 그게 잘 안 되는구나."

"작은아버지께서 이 모습을 보면 얼마나 슬퍼하시겠어요?"

"그래……."

김태우는 그녀를 부축해서 일으켰다.

"VIP룸에서 눈이라도 좀 붙이세요."

"하지만……."

"지금 아버지도 위독하신데 작은어머니까지 쓰러지면 저는 정말……."

"그래, 미안하구나."

어려서부터 혼자서 커온 김태우는 이 세상에 의지할 사람이 없어 죽을 때까지 고독할 팔자였다.

집안에 도대체 무슨 저주가 내렸는지 몰라도 김태평과 김화평 두 사람 모두 슬하에 자식이 없었다.

때문에 지금 이 엄청난 일을 김태우 혼자서 다 감당해야 할 상황인 것이다.

아직까지 서열 정리가 제대로 끝나지 않은 상황에서 김충평과 유정화 두 사람 모두 절명해 버린다면 김태우는 의지할 사람이 없어진다.

아마 그는 서열 정리를 끝내지 못한 공황 상태의 그룹을 이어받아 엄청난 압박 속에서 회사를 이끌어 나가야 할 것이 뻔했다.

"작은어머니, 저에게 힘을 주세요."

"그래, 알겠다. 태우야, 이 숙모는 좀 쉴게."

"그러세요. 제가 모셔다 드릴게요."

김태우는 그녀를 휠체어에 앉혀서 병원 VIP룸으로 향했다.

딩동!

VIP 전용 엘리베이터에 몸을 실은 두 사람이 최상층 19층을 누른 바로 그때였다.

위이이이이잉!

"뭐, 뭐지?!"

"사이렌이에요! 화재경보기가 울린 것 같은데?!"

그는 재빨리 구조 요청을 보냈다.

삐익, 삐익!

"여기 사람이 갇혔습니다!"

―…….

"이봐요!"

애타게 문을 두드리던 김태우는 어쩔 수 없이 직접 엘리베이터 문을 열기로 했다.

"작은어머니, 잠시만 기다리세요! 제가 문을 열게요!"

"태, 태우야……."

"끄응!"

엘리베이터 문을 억지로 열어버린 태우는 전혀 상상하지도 못한 것과 마주하였다.

콰아아아아앙!

화르륵!

"끄아아아아악!"

"태우야!"

문을 열자마자 한차례 폭발이 있었고, 그 화염이 엘리베이터 안을 불길로 가득 채워 버린 것이다.

두 사람은 미처 비명도 다 지르기 전에 불에 타 죽어버렸고, 건물은 그 즉시 통째로 무너져 버렸다.

쿠우우우웅!

이로써 대한그룹의 후계 구도는 미궁 속으로 점점 빠져들었다.

　　　　*　　　　*　　　　*

　수많은 인파가 몰린 대한병원 폭발 사건의 현장에 검은색 후드를 뒤집어쓴 태하가 보인다.

"……."

　그는 아버지와 어머니, 그밖에 핏줄과 친구들이 모두 떠나간 대한병원 폭파 사건을 황망한 눈으로 바라보고 있었다.

　태하는 아내 히우네의 손을 꼭 잡은 채 말했다.

"허망하군요. 세계선이 바뀌어 대한그룹의 후계 구도에 별 문제가 안 생길 것이라고 생각했는데……."

"당신의 잘못은 아니잖아요?"

"그렇긴 하지요."

　두 부부는 수많은 인파 속에 섞여 헌화를 하고 영정 앞에 서서 묵념도 하였다.

　잠시 후, 묵념이 끝난 태하의 곁으로 한 사내가 다가왔다.

　그는 태하에게 깊이 고개를 숙였다.

"어르신, 작업이 모두 끝났습니다."

"그래, 알겠네."

　대한그룹의 오너 일가가 전부 사망하면서 이제 그 지분은 공중에 붕 뜬 상태가 되어버렸다.

　상속될 사람이 없으니 이사회의 손으로 넘어가거나 공매를 통해 일반 투자자들에게 재판매가 될 수도 있었다.

하지만 일이야 어찌 되었든 간에 지분이 공중으로 흩어져 버렸다는 것은 누군가 대한그룹을 중간에서 가로챌 수도 있다는 뜻이다.

이것은 대한민국의 경제가 흔들리는 것을 떠나 수많은 종사자들의 밥줄이 흔들릴 수도 있다는 소리이기도 했다.

이에 태하와 그 일행은 대한그룹의 지분을 가장 먼저 선수쳐서 매입하기로 결정을 내렸다.

그들은 자신들이 매입한 지분을 국가에 조건부로 판매하기로 했는데, 앞으로 국가는 이 지분을 가지고 대한그룹의 경영에 간섭할 수 없다는 조건이었다.

국정원과 법무부의 공증까지 전부 다 받아서 작성한 계약서는 4개로 복사하여 보관되었으며 국정원의 데이터베이스에 일급 기밀로 남겨두었다.

태하는 명화그룹에서 2.7%의 지분율로 지급되는 거액의 돈을 매 분기마다 수령하고 있는데, 이번 지분 인수에 상당수의 돈이 투자되었다.

물론 이번 투자로 인해 그는 다시 돈을 벌어들이게 되겠지만 그것은 복지사업에 재투자될 것이다.

"대한그룹은 이제 한국전력공사와 주택공사, 연금보험공단에서 각각 지분을 쥐고 안정화시킬 것입니다. 절반은 국유화가 된 셈이죠."

"이사진의 반응은 어떤가?"

"반발하지 못하겠다는 입장이지요. 설마하니 그 엄청난 양의 지분을 누가 선뜻 매수하리라 생각이나 했겠습니까?"

"뭐, 그건 그렇지."

"아무튼 일이 잘 처리되어 다행입니다."

"모두 다 자네 덕분일세."

"과찬이십니다."

태하는 해결사 J에게 통장을 하나 건넸다.

"저쪽 지분을 다 털고 남은 돈일세. 적은 돈은 아니니 자네의 부하들과 함께 나누어 쓰게."

"감사합니다."

"앞으로 내가 무슨 일을 시키면 남은 잔돈은 자네가 가지고 가게. 일일이 통장을 만들어주기도 힘들구먼."

"하지만 어르신, 그 돈이 꽤⋯⋯."

"많지. 하지만 자네에게도 딸린 식구가 있지 않나? 내 뒤치다꺼리를 하다 보면 그 많은 식구들 챙기기 힘을 테니 돈으로라도 보상을 좀 해주게."

"마음 써주셔서 너무나도 감사드립니다!"

"아닐세. 좋은 곳에 써주게나."

"예, 어르신."

해결사 J는 수많은 이름으로 불리는 사나이인데, 그 휘하의 정보원과 수행원이 거의 중견 기업 부럽지 않을 정도로 많았다.

그런 그가 태하의 명령을 수행하고 남은 수수료로 회사를 꾸리다 보면 분명 자금에 문제가 생길 수도 있을 것이다.

태하는 자신을 따르는 그에게 최소한의 예의를 지키고 있는 셈이다.

"갑시다."

"네."

부부는 이제 조금 답답한 서울을 벗어나기로 했다.

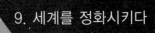

9. 세계를 정화시키다

차원의 틈이 막힌 지 수백 년이 흘러 다시 현대로 되돌아 온 시점에서 태하 일행이 가장 신경 쓰는 부분은 바로 빈민 구제였다.

아프리카는 전 세계 면적의 꽤 많은 부분을 차지하고 있지만 낙후된 기술력과 정치적인 문제로 인해 기아와 내전이 창궐한 땅이 되었다.

태하의 일행은 이곳에 복지 단체 청명단을 세우고 돈이 있는 대로 사유지를 마구 사들이기 시작하였다.

대략 100년 전부터 거의 종이 쪼가리에 불과하던 아프리카의 땅을 닥치는 대로 사들여 알짜배기 광산과 중심가는 모두 청명단의 사유지가 되었다.

이때부터 태하의 일행은 본격적으로 아프리카를 생명의 땅으로 바꾸기 시작하였다.

이미 300년 전부터 계속해서 학문을 연구해 오던 다섯 일행은 각자의 분야에서 꾸준하게 명성을 쌓아왔다.

카미엘은 이미 의술의 거의 모든 분야에서 권위자가 되어 있었고, 태하는 경영학의 거의 시초라 할 수 있는 학문을 정제해 놓았다.

설화령은 산업혁명이 일어나기도 전에 공학을 연구하여 지금은 세계적 권위자가 되었다.

그녀의 제자들은 이미 250년 전부터 계속하여 전 세계에 자리를 잡기 시작하여 지금은 나사를 비롯한 거의 모든 국가 연구 시설에서 중요 인력으로 일하고 있었다.

한마디로 기술력의 집약체인 엄청난 학연이 설화령의 손에 있다고 볼 수 있었다.

천태는 무역에서, 천하랑은 지질학, 지구과학 등, 과학 분야에서 엄청난 공로를 세우고 권위자가 되어서 이미 150년 전부터 유명 인사들을 제자로 거둔 상태였다.

일행은 이름을 수시로 바꾸면서 제자들을 거두고 교육에 힘을 썼는데, 그 전초기지가 바로 아프리카였다.

청명단은 광산 수익이 발생할 때마다 그 돈을 전부 사유지를 사들이는 데 사용하여 계속해서 이윤을 창출시켰다.

그들은 이렇게 창출된 이윤을 대학교를 세우고 각 지역에 초중고 교육 시설을 세우는데 전부 환원시켰다.

또한 진보된 기술력을 통하여 각지에 공장을 세우고 그 공장에서는 다른 나라에선 미처 흉내도 낼 수 없는 고성능 테크놀로지의 물건을 생산해 냈다.

아프리카의 경제는 거의 밑바닥에서 천천히 치고 올라와 50년 만에 개발도상국을 넘어서 중립 선진국 반열에 오르는 쾌거를 이룩하였다.

청명단의 이름으로 세워진 학교에선 수많은 인재와 대부호들이 탄생하였고, 그들은 지식인들을 끌어 모아 아프리카의 독재를 타파하고 양질의 군대를 양성하였다.

이로써 아프리카는 절망의 땅에서 점점 교육의 메카, 문명의 중심지로 거듭나고 있었다.

청명교육재단의 이사장이자 세계 최고 공학자인 설화령이 가장 최근에 건설된 청명대학교 튀니지 캠퍼스에 연설 차 방문하였다.

카리스마 넘치는 중년 여성으로 분장한 설화령은 학생들에게 학교의 비전과 발전 방향에 대해 연설하였다.

"우리는 민생 구제와 인류 구원이라는 목표 아래 아프리카를 생명의 땅으로 바꾸어 왔습니다. 지금도 빈민을 수용하고 고아들을 보육하는 청명원이 아프리카에만 총 500개가 넘고 거기서 배출된 인재들이 다시 우리 청명단으로 유입되고 있습니다. 아마 여러분 중에도 청명원에서 자라온 사람들이 있을 겁니다. 청명원에서 자랐든 외지에서 유학을 왔든 간에 우리 청명대학에 들어온 이상 민생 구제와 인류 구원에 힘쓰면서 살아가야 할 겁니다. 우리 대학은 머리가 뛰어난 수재보다 사람 됨됨이가 된 학생들을 뽑아서 교육하고 있습니다. 뛰어난 폭군보다 차라리 멍청한 성군이 낫다는 일념하에 인재들을 양성하고 있으니 혹시나 이에 반감이 있다면 지금 당장 학교를 나가도 좋습니다."

그녀는 아무런 대답이 없는 것을 확인한 후 연설을 마무리 짓기로 했다.

"끝으로 한마디만 당부하겠습니다. 우리는 학연과 지연을 중요하게 생각합니다. 물론 그것은 경쟁 사회에서 밀어주고 당겨주는 관습에 의지하자고 하여 만들어진 학연이 아닙니다. 우리는 우리의 학연과 지연을 통하여 민생을 구제하는 데 도움이 되고자 긴밀한 커뮤니티를 조성하였습니다. 부디 이 커뮤니티를 통하여 제대로 된 세상을 배우고 이념을 전수받아 훌륭한 사람이 되었으면 합니다. 이상."

짝짝짝짝!

그녀가 연설을 마치고 나오자 밖에서 대기하고 있던 기자들이 쏟아져 들어왔다.

찰칵, 찰칵!

"박사님, 최근 수소 발전자동차에 대한 핵심 기술을 완성하셨다고 하는데, 아프리카 테크노벨리에서 발표 시연회를 여실 것입니까?!"

"아직은 확답을 드리기 힘드네요. 나중에 기자회견을 열겠습니다."

"듣기론 석유를 대체할 에너지로 물을 지목하셨다는데, 그에 대한 발표는 언제쯤 할 생각이십니까?"

"그것도 기자회견을 통해 밝히겠습니다."

아주 오래전부터 스타이던 그녀는 아주 능숙하게 기자들의 질문을 요리조리 피하여 행사장을 빠져나왔다.

전용 밴에 몸을 실은 그녀는 깊은 한숨을 내쉬었다.

"휴우, 이젠 이 짓도 힘드네."

"고생 많았어."

"아니요, 당신이 고생이죠. 매일 교수들 교육시키랴, 공장 관리하랴, 바쁘잖아요?"

"나야 매일 하던 일인데, 뭐."

천하랑은 두 팔을 벌려 자신의 넓은 가슴에 설화령의 가녀린 몸을 불러들였다.

"이리 와. 안아줄게."

"네!"

누가 사이즈를 재어놓기라도 한 듯 아주 자연스럽게 안긴 그녀는 천하랑의 품에서 잠시 안식을 취하였다.

"좋네요."

"그러게 말이야."

"앞으로는 이런 시간이 좀 더 많아질 수 있겠죠?"

"카미엘이 말하기를, 앞으로 20~30년만 더 일하면 제자들이 알아서 민생을 구제할 수 있을 것이라고 했어. 그러니 조금만 더 참자고. 우리는 휴식을 위해 수백 년을 참아왔는데 이정도를 못 참겠어?"

"하긴, 그건 그래요."

천신만고 끝에 규화보전의 핵심 기술을 발전시켜 여자가 남자로 돌아갈 수 있는 방안을 마련한 천하랑은 스스로를 변신시켜 원래의 모습으로 돌아왔다.

이제는 서로 예전으로 돌아와 자유롭게 사랑을 나눌 수 있게 되었지만, 그놈의 시간이 항상 모자라는 것이 문제였다.

"조금만 참자."

"네."

두 사람이 잠시 평화로운 시간을 갖고 있을 무렵, 자동차가 튀니지 시가지에 도착하였다.

튀니지는 아프리카 무역의 중심지로 발전하여 지금은 GDP 랭킹 세계 17위에 이름을 올리고 있었다.

한때는 10위 안에 이름을 올리기도 한 튀니지이지만 지금은 원자재 수출업이 잠시 불황을 겪고 있어서 순위에 변동이 생겼다.

하지만 엄청난 숫자의 항만과 무역, 금융회사를 거느린 튀니지의 잠재력은 어마어마한 수준이었다.

튀니지 시가지에 도착한 두 사람은 고층 빌딩이 즐비한 도심의 지하로 향했다.

위잉, 철컹!

시가지 한복판에 위치한 전용 엘리베이터를 타고 지하로 내려가면 아프리카 전역으로 이어진 청명단의 지하 고속철과 30층짜리 건물이 곳곳에 자리 잡고 있다.

두 사람은 지하 고속철을 타고 수단으로 향하기로 했다.

"아버님께서 오늘 수단에서 모임을 갖자고 하셨으니 어서 출발하자고."

"네."

이제는 10년에 한 번이 아니라 하루에도 몇 번식 회동을 갖는 일행은 서로 긴밀히 연락을 주고받고 있었다.

업무에 대한 거의 모든 것을 공유하고 있으니 하루 24시간을 함께 있어도 모자랄 때도 많았다.

두 사람은 전용 지하 고속철에 몸을 실었다.

휘이이이잉!

—앞으로 한 시간 후면 수단에 도착합니다.

"한 시간 남았다는군."

"그럼 한 시간 동안은 우리만의 시간을 보낼 수 있다는 소리네요?"

"그런 셈이지."

두 사람은 넓이 35미터에 길이 100미터로 된 호텔형 기차에서 잠시 둘만의 시간을 갖기로 했다.

고속 열차의 내부에는 침실과 욕실, 마사지실, 오락실, 식당 등이 설치되어 있으며, 열차는 원격으로 이동되어 사생활이 완전하게 보장되었다.

부부는 일단 옷부터 벗고 목욕탕으로 향했다.

쏴아아아!

따끈한 물이 넘쳐흐르는 목욕탕에 들어간 두 사람은 서로 밀착한 채 사랑을 속삭였다.

그러곤 이곳에서 월풀 마사지를 받고 마사지실에서 에어마사지로 쌓인 피로를 풀었다.

"후우, 좋네요."

"술은 가서 마시자고."

"그래요."

이들이 누리는 호사는 석유 재벌 부럽지 않은 수준이었지만 실제로 그들이 가진 총 자산으로 따지자면 전 세계 부호들이 다 덤벼도 상대할 수 없을 정도이다.

그러니 이런 호사는 아주 검소하다고 볼 수 있었다.

잠시 후, 부부는 청명단의 동료들이 있는 수단의 지하실에 도착하였다.

＊　　　　＊　　　　＊

수단의 지하 시설 안, 이곳은 청명단의 수뇌부들이 최대한 편하게 쉴 수 있도록 배려한 공간이다.

그들은 각자에 취향에 맞는 침대에 누워서 회의에 참석하였다.

위잉, 위잉.

태하는 지압과 스포츠 마사지가 결합된 마사지 침대에 누워 있었다.

"이제는 때가 된 것 같습니다. 그놈들을 제압하여 마지막 화근을 없애시지요."

"으음, 그래. 자네의 말이 맞네. 이것이 아마 우리의 마지막 여정이 되겠지."

현재 이슬람 무장 세력과 결탁한 후위무림맹이 중국 내부에서 반란을 주도하여 동북아시아가 불바다로 변해 버렸다.

이들 후위무림맹은 아직 완전히 아물지 않은 차원의 틈을 이용하여 500명이 넘은 현경의 고수들을 생성해 내는 데 성공하였다.

차원의 틈에선 현재 산발적으로 마나의 폭발이 일어나고 있는데, 이 폭발이 갈무리되면 차원의 틈이 점점 더 아물어가는 방식이었다.

도대체 차원의 틈을 어떻게 알아낸 것인지는 몰라도 후위무림맹은 그곳에서 현경의 고수들을 모아 마지막 일전을 준비하고 있었다.

이것은 일반적인 정치 문제가 아니라 차원의 틈에 의해 발발한 사태이니 태하와 그 동료들이 직접 나설 수밖에 없었다.

현재 일행의 무력은 이미 경지의 경계를 무너뜨린 초월자의 경지에 이르러 있었다.

아마 천태 한 명만 출격해도 후위무림맹이 무너지는 것은 시간문제일 것이다.

다만 이슬람 무장 세력이 성가시게 게릴라를 벌이는 바람에 일의 수습이 늦어지고 있을 뿐이었다.

일행은 이제 서로가 담당할 부분에 대해서 논의하기 시작했다.

"우선 카미엘과 나는 중국 현지로 넘어가 500명의 파리미

들을 정리하겠네. 그동안 김 대협과 성녀님은 이슬람 무장 세력으로 잠입해서 놈들의 세력을 분열시켜 줘. 그러는 동안 하랑 부부가 남은 무장 세력을 궤멸시키면 되겠지."

"좋은 작전입니다. 언제 출발하면 되겠습니까?"

"빠를수록 좋지 않겠나?"

지금까지 손에 피 한 방울 묻히지 않고 이뤄낸 혁명이 꽤 많은 것을 생각하면 이들이 직접 전투를 벌인 지는 최소한 500년은 지났을 것이다.

그런 그들에게 이번 전투는 상당히 뼈아픈 기억으로 남을 터였다.

"다시는 살생을 하지 않을 줄 알았는데."

"이번이 마지막이야. 이제는 차원의 틈 주변에 사설 군대를 배치하여 관리하도록 할 생각이니."

"그래, 부디 마지막이 되길 빌어야지."

카미엘은 자신의 인맥을 총동원하여 남극에 자동화 군대를 파견하는 방안을 이미 실행 중이었다.

아직 공식적으로 상용화되지는 않았지만 비인력 전투 로봇들이 대략 2만 기 이상 생산되어 지하에 대기 중이었다.

이들을 남극으로 파견하여 침입자의 접근을 미연에 잘라 버리겠다는 것이 카미엘의 생각이었다.

"이제부터 우리는 사람이 아니야. 인류의 적을 사살하는 청소부일 뿐이지."

"그래."

일행은 굳은 결의를 품고 각자의 담당 구역으로 향했다.

*　　　　*　　　　*

중국 허베이성 인근에 신흥 무장 세력이 등장하여 군대를 궤멸시키고 괴뢰정부를 수립하려 하고 있었다.

500명의 현경 고수들과 그 휘하의 2,500명 화경 고수들이 도시를 장악하고 있으니 제아무리 강력한 군대도 쉽사리 뚫고 들어올 생각을 하지 못했다.

더군다나 중동에서 넘어온 무장 세력이 게릴라전을 펼치고 있어서 중국으로 들어오는 지원이 원천 차단되고 있는 실정이었다.

현경의 고수들을 이끄는 남궁세민은 자금성 안에 있는 황제의 침실에 누워 있었다.

"하하, 하하하하!"

남궁세가는 아주 오래전부터 차원의 틈을 찾아다녔고, 그 힘을 얻었을 때 비로소 쿠데타를 일으킨 것이다.

무려 500년이 넘는 세월 동안 아주 치밀하게 준비한 무력 시위가 이제 진정 빛을 발하기 시작했다.

그는 실제 황제처럼 중국의 영화배우들과 연예인들을 궁으로 불러들여 시중을 들도록 지시했다.

중국의 여배우 세 명이 그의 발을 주무르고 있었는데, 그녀들은 하나같이 실오라기 하나 걸치지 않고 있었다.

남궁세민은 손바닥으로 여자의 엉덩이를 힘껏 때렸다.

짜악!

"으윽!"

"탄력이 살아 있네. 이리 와서 승은을 입어라."

"아, 안 됩니다! 저, 저는……."

"영화배우라고?"

"……."

"네가 내 위로 올라와 충성을 다 바치지 않는다면 중국은 불바다가 될 것이다. 알겠느냐? 너희들이 어떻게 행동하느냐에 따라서 네 친구들과 가족의 인생이 바뀌는 것이다."

그녀는 남궁세민의 말처럼 아주 정성을 다해서 봉긋이 솟은 욕망의 봉우리를 보듬었다.

그제야 그는 만족스러운 미소를 지었다.

"하하! 바로 그거다! 네년들은 나의 노비다! 궁녀도 아닌 노비다! 내가 이 세상 천하의 법이고 질서다! 알겠느냐?!"

"예……."

바로 그때, 하늘에서 한 줄기 섬광이 떨어져 내렸다.

째앵!

"뭐, 뭐……?"

퍼억!

섬광과 함께 나타난 한 자루의 검이 그의 목을 단숨에 베어버렸다.

푸하아아아악!

"꺄아아아아악!"

"오만한 놈이군. 절대자가 되려거든 정신 수양을 조금 더 쌓아야겠어."

사내는 떨어진 목을 들고 황제의 침실을 나섰다.

그러자 500명이 넘는 화경의 고수들이 득달같이 달려들었다.

"감히 누가 폐하를……?!"

"…폐하라니? 네놈들은 시간 여행을 하는 중이냐?"

"이런 빌어먹을! 저놈이 폐하를 시해하였다!"

"죽어라!"

챙!

형형색색의 검강을 뿜어내는 그들을 향해 사내가 실소를 흘렸다.

"후후, 죽고 싶으면 무슨 짓을 못 할까?"

그는 이미 무공의 형을 뛰어넘었기 때문에 굳이 손을 쓰지 않고도 사람 100명을 폭발로 죽였다.

쾅!

파바바바바박!

사방으로 사람의 팔과 다리가 흩날렸으며 그 선혈이 마치 비처럼 쏟아져 내렸다.

"이, 이런 미친……?!"

"더 죽고 싶은 놈들이 있느냐?"

"흥! 네놈, 가만두지 않겠다!"

잠시 후, 현경의 고수들이 모두 출동하여 그를 에워싸기 시작했다.

한 명의 고수를 잡기 위해 몰려든 2천여 명은 거대한 원을 그린 채 빙글빙글 돌며 적을 혼란시키려 했다.

하지만 그는 한 치의 흔들림도 없었다.

"그딴 아이들 장난은 지옥에나 가서 하거라!"

슈우우우웅!

콰앙!

"끄아아아악!"

"유, 유성우?!"

그가 원 속에 들어가 서 있을 때, 하늘에서 거대한 유성우가 떨어져 내려 무인들을 처참히 살해하였다.

하지만 신기하게도 문화재는 하나도 손상되지 않았으며, 사람만 갈가리 찢겨 나가 죽었다.

잠시 후, 하늘에서 백발의 청년이 내려왔다.

"생각보다 정리가 쉬운데?"

"원래 황제의 목을 따버리면 제국은 멸망하는 법 아닌가?"

"장기와 같군."

"으음, 오늘 장기 한판 어떤가?"

"좋지. 다만 나에게 지고 슬피 울지나 말게."

"이하 동문!"

두 청년은 2천 명이나 되는 고수를 일거에 쓸어버린 후 공포에 떨고 있는 그녀들에게 다가갔다.

"사, 살려주세요!"

"당신들에겐 아무런 위해도 가하지 않을 것이오. 다만 저놈들의 잔당들이 어디에 있는지 알려주시겠소?"

"도시의 외곽에서 방어 작전을 펼치고 있어요. 그들을 자극한다면 아마……."

"개떼처럼 몰려들겠지."

"좋아, 일이 생각보다 쉽게 풀리겠어."

이윽고 그들은 다시 하늘로 솟아올라 사라져 갔다.

*　　　*　　　*

팔레스타인 지하에 위치한 이슬람 무장 세력 수비에르 본 거지 안.

이곳에는 수많은 여성 포로들과 황금, 그리고 전 세계 각국에서 약탈한 무기들이 즐비하였다.

태하는 수비에르 무장 세력으로 변장하여 이곳으로 잠입하였다.

그는 산더미처럼 쌓인 황금을 바라보며 혀를 내둘렀다.

"사람의 목숨값으로 받은 황금이라고 하기엔 너무 많은데?"

"광기가 돈을 부르는 법. 아마 후위무림맹이라는 저놈들이 돈을 물 쓰듯 뿌리고 있는 것이 분명합니다."

만약 이 황금을 모두 다 털면 지금 중동에 발생한 이재민을 구제하고도 남을 것이다.

"이 황금을 쓰고 남으면 난민들을 위한 휴양림과 학교를 세웁시다."

"그래요. 저도 그 생각을 하고 있었어요."

"후후, 우리는 뭔가 통하는 부분이 있어요."

"그러니까 부부죠."

태하는 무전기를 꺼내 들었다.

치익!

"황금을 찾았다."

―지금 당장 회수에 들어가겠습니다.

"알겠다."

잠시 후, 지하 시설의 천장이 강하게 흔들리더니 이내 거대한 드릴이 벽을 뚫고 들어왔다.

콰아아앙!

위이이이이이잉!

드릴은 벽을 뚫고 난 후 거대한 진공청소기로 변신하여 황금과 무기들을 죄다 빨아들였다.

마치 청소기로 모래를 빨아들이듯 마음껏 황금과 무기를 흡입한 드릴은 다시 머리를 들어 사라져 갔다.

그 이후엔 수많은 인원 수송용 헬기가 도착했다.

다다다다다다!

"어르신, 이제부터 인명을 구조하겠습니다!"

"지상은 어떻게 되어가는가?"

"유엔군이 지상을 장악하고 우리의 작전을 돕고 있습니다."

"벌써 유엔군을 섭외하였나?"

"사무총장과 협상을 좀 봤습니다. 우리가 구조한 사람들을 위한 수용 시설을 짓고 그들을 회생시키겠다고 했지요."

"후후, 역시 자네들은 알아서 일을 잘 처리해서 마음에 들어."

"과찬이십니다."

"그럼 나는 이곳을 정리하고 올라가겠네. 자네는 난민들을 데리고 팔레스타인을 떠나게."

"예, 어르신."

이제 태하와 히우네는 특유의 콤비네이션으로 적들을 말살하기로 했다.

"천검진, 폭풍일식!"

태하가 약간 힘을 주어 내력을 발동시키자, 거친 폭풍이 뱀처럼 머리를 들었다.

쐐에에에에엥!

히우네는 그 뱀의 대가리에 불의 숨결을 불어넣어 힘을 더해주었다.

화르르르륵!

이제 이 불길에 닿는 사람들은 온몸이 서서히 불에 타 죽어갈 것이다.

그는 사람이 지은 죄에 따라서 심판을 달리 하는데, 이번의 경우엔 수많은 인명을 살상하고 약탈, 강간했으니 그에 마땅한 벌을 받아야 마땅했다.

손속을 두지 않는 태하의 현란한 손놀림에 무장 세력이 속수무책으로 죽어나갔다.

화르르르륵, 콰앙!

"크아아악!"

"이런 빌어먹을! 도대체 뭐가 어떻게 된 거야?!"

"어서 피하십시오! 이대로 있다간 지하 시설이 무너져 내리 겠습니다!"

"흥, 도망가긴 어딜……?!"

태하는 이제 불길을 거두어들이고 새로 천검진을 구성해 냈다.

"천검진, 태풍대식!"

고오오오오오!

거대한 태풍이 상륙하듯 아주 거대한 검의 태풍이 주변을 잠식해 나가기 시작했다.

히우네는 그 안에 얼음의 기운을 불어넣고 사방을 눈보라 에 휩싸이도록 해주었다.

휘이이이이잉!

눈발이 몰아치는 지하 시설에 있던 무장 세력은 꼼짝도 하 지 못한 채 결빙되어 죽었다.

챙!

몸이 산산이 부서져 언제 사람이 살았었는지 가늠조차 할 수 없었고, 마지막 한 명이 다 죽을 때까지 태풍은 그 세력을 잃지 않았다.

단 30분 만에 4만에 가까운 인명을 죽여 없앤 태하는 드디 어 내공을 거두어들였다.

"후우!"

"부디 이번이 마지막 살상이 되어야 할 텐데요."

"이제 더 이상 마법으로 인한 피해는 발생하지 않기를 바라야지요."

"그러게 말이에요."

태하는 히우네의 손을 꼭 잡았다.

"갑시다. 우리 오늘 술이나 한잔합시다."

"좋지요."

두 부부는 아프리카 지하 건물로 향했다.

*　　　*　　　*

지하의 보급이 끊어지자 10만에 육박하던 무장 세력도 서서히 그 힘을 잃기 시작했다.

촤락!

"크허억!"

"이놈들이 마지막인가?"

"네, 서방님."

"고생 많았어. 또 손에 피를 묻혔군."

"괜찮아요. 당신과 함께라면 어디를 가도 좋아요."

천하랑 부부는 특유의 끈끈한 애정을 과시하며 작전을 무사히 완료했다.

이제 이슬람 무장 세력 수비에르의 지상 병력은 하나도 남아 있지 않았으며, 지하 시설은 완전히 궤멸되어 더 이상 소생이 불가능해졌다.

천하랑은 설화령의 기계화 부대를 남극으로 파견하는 작전에 대해 물었다.

"기계화 부대의 주둔은 어떻게 되었어?"

"이미 완료되었어요. 이제 더 이상 이계의 틈에 사람이 침범하는 일은 없을 거예요. 그들은 잠도 자지 않고 24시간 감시할 수 있으니 침투를 한다고 해도 금세 죽게 되겠지요."

"그래, 고생했어."

"아니에요."

두 사람은 서로 손을 꼭 잡은 채 전장을 벗어나 아프리카로 향했다.

＊　　　　＊　　　　＊

아프리카 지하 시설 안.

태하 일행이 모여 있다.

그들은 한국에서 공수해 온 소주를 마시면서 시름을 달래고 있었다.

태하가 건배를 제의했다.

"건배합시다. 다시는 이런 불상사가 발생하지 않도록 말이죠."

"그래, 다시는 이런 일이 발생하지 말았으면 좋겠네요."

"반드시 그렇게 될 겁니다."

일행은 잔을 부딪치고 그것을 단숨에 비워냈다.

꿀꺽!

"크흐, 좋다!"

"다들 고생 많았네."

"고생 많으셨습니다."

서로의 노고를 치하하며 다시 잔을 채운 일행에게 태하가 한마디 했다.

"이제 이번 일만 마무리하면 우리 모두 100년 동안 휴식을 취하도록 합시다. 너무 오랜 시간 동안 일해왔어요."

"하지만 우리가 없는 동안 지구가 멸망하지 않겠나?"

"앞으로 일어나는 일들에 대해선 당분간 관여하지 말자고요. 인류에게도 자생력을 주어야 하니 말이죠. 나머지는 우리의 부하들과 제자들이 알아서 하도록 내버려 두시죠."

일행은 태하의 의견에 전적으로 동의했다.

"그래, 좋아. 100년 동안 유유자적 살아보지, 뭐."

"드디어 우리만의 시간을 갖게 되겠군요."

그들은 100년을 기약하며 잔을 기울였다.

"건배!"

앞으로 이 세상에 어떤 일이 일어나도 그들은 100년 동안 나타나지도, 간섭하지도 않기로 마음먹었다.

태하는 히우네의 손을 꼭 잡았다.

"앞으로도 계속 함께합시다."

"물론이죠."

두 사람은 일행 중에서 가장 먼저 자취를 감추었다.

태하 일행이 자취를 감추고 난 지 20년 후, 아프리카에 다섯 사람의 동상이 세워졌다.

그들의 진짜 정체에 대해선 밝히지 않았지만 민생 구제에 혁혁한 공을 세웠다고 적혀 있었다.

그 제자들은 이제 허리가 구부정한 노인이 되어 있었다.

"…그분들이 다시 나타나실까요?"

"글쎄요, 때가 되면?"

"다시 나타날 일이 없었으면 좋겠군요."

이제 태하의 이름은 비석으로만 전해질 것이다.

외전. 생각하는 늑대

　러시아 레나강 중류, 이곳 인근에는 아주 넓은 산림지대가 형성되어 있어 수많은 동식물이 자연 상태로 보존되어 있었다.

　회색 늑대 실버는 이 주변을 지배하는 최고의 사냥꾼이다.

　다만 실버는 인간의 무공을 익혀 현경의 경지에 이른 늑대였기 때문에 다른 무리와 섞일 수가 없었다.

　만약 죽는 한이 있더라도 숲에 있었다면 한 무리의 대장이자 지도자가 될 수도 있었겠지만 그건 그의 숙명이 아니었다.

　서당 개 삼 년이면 풍월을 읊는다고 했던가?

꽤 오랜 시간 동안 인간과 함께 살아온 실버는 이제 그들의 생활 습관과 아주 많이 닮아 있었다.

잠에서 깨어나자마자 개울가로 나온 실버는 앞발을 이용해서 세수를 하고 이가 썩지 않도록 민트나 자작나무 껍질 등을 씹어 양치질을 했다.

심지어 그는 인간의 언어로 사고하고 생각하는 것까지 가능했다.

'고독하군. 그나마 무리에 있을 때가 좋았는데……'

그의 주인, 그러니까 그가 생각하는 인간 무리의 수장인 태하가 차원의 틈으로 사라진 후부터 그는 계속 혼자였다.

세계선이 바뀌긴 했지만 실버의 머릿속에 있는 기억들은 지워지지 않았다.

그는 세계선이 뒤틀렸다가 풀어지면서 생긴 파장력에 기억을 잃지 않은 유일한 존재였다.

지금은 자신의 알파가 어디에 있는지 알 수는 없지만, 그의 생각만으로도 가슴이 벅차곤 한다.

'그래, 나의 황금기는 바로 그때였다고 할 수 있지.'

그는 알파와 함께 적들을 쓸어버리고 승리를 쟁취하던 그 시절을 잊지 못하고 있었다.

만약 그 시절로 돌아갈 수 있다면 좋겠지만, 과거를 돌려 세계선이 꼬이던 시절로 돌아간다면 골치가 아플 것이다.

생각도, 사고도 못 하는 시신들과 끝도 없이 싸우는 일상은 상당히 힘들고 고단하기 때문이다.

그는 오늘 아침도 개울가에서 세면을 하고 자신만의 동굴로 향했다.

저벅, 저벅.

거대한 발이 남긴 족적은 금세 그의 내공을 통하여 사라져 버렸고, 그가 언제 이곳을 왔다 갔는지 아는 짐승은 없을 것이다.

하지만 생각지도 못한 일이 발생하고 말았다.

"크르르르릉!"

"크아아아앙!"

거대한 덩치의 늑대들이 한 마리의 어린 새끼를 사냥하기 위해 득달같이 달려오고 있었다.

"끼잉, 끼잉!"

오줌을 질질 흘리면서 도망치는 새끼 늑대의 솜털은 공포감으로 인해 덜덜 떨려왔다.

실버는 눈살을 찌푸렸다.

'아무리 약육강식의 세계라지만 보통은 저렇게까지 새끼를 공격하진 않는데……'

그는 가만히 새끼를 바라보다가 도저히 안 되겠는지 날쎈 신형을 날렸다.

파밧!

S자 곡선으로 휘어져 날아간 그의 신형이 두 마리의 수컷 늑대에게 닿았다.

퍼억!

"끼잉!"

"크르르릉!"

일격에 갈비뼈가 모조리 부러져 버린 수컷 늑대들은 날카로운 이를 드러내며 실버에게 적개심을 보였다.

아무래도 놈들은 이 새끼를 꼭 죽여야만 하는 목적이 있는 것 같았다.

"컹컹, 컹컹컹!"

실버는 늑대들의 언어를 통하여 그들이 뭐라고 하는지 알아들었다.

'반역자의 자식이라니… 누가 반역자라는 건가?'

늑대 무리에서 반역자를 다스리는 일은 매우 가혹하며, 반란을 일으켰다가 패배하면 그 가족까지도 무사할 수 없었다.

이는 인간의 세계와 매우 흡사하며 어떤 경우엔 인간보다 더 잔인할 때도 있었다.

아무래도 이 새끼는 수컷 우두머리에게 앙심을 품고 반역을 꾀했다가 패배한 놈의 새끼인 것 같았다.

실버는 살기를 모두 해방시켜 수컷 늑대들을 위협했다.

"크르르르르릉(어서 꺼지지 않으면 죽이겠다)!"

늑대의 언어로 대화하기로 마음먹은 실버에게 수컷들이 말했다.

"우리 무리에서 가만히 있지 않을 것이다."

"나는 너희들의 왕권 다툼에 관심이 없다. 하지만 아무런 힘도 없는 새끼를 죽인다는 것은 용서할 수가 없다."

"이 또한 숲의 순리다. 숲의 법에 따라서 반역도는 죽어야 한다."

"……"

숲은 약육강식의 세계이며 반역자를 처리하는 것 또한 숲의 순리 안에 있는 하나의 과정이었다.

실버는 그것을 너무나도 잘 알고 있기에 새끼를 더 이상 두둔할 수가 없었다.

"새끼를 내어놓아라."

"…하지만 너무 어리다. 이 어린 새끼를 꼭 죽여야 하겠나?"

"내어놓아라!"

그는 궁여지책으로 한 가지 제안을 했다.

"좋다, 그럼 내가 보금자리를 버리고 이 녀석을 데리고 떠나겠다. 어떤가?"

"떠나겠다고?"

"나의 영역이 얼마나 넓은지 잘 알고 있을 것이다. 그 영역을 너희들이 차지해도 좋다. 그러니 이 녀석은 살려줘라."

늑대들은 이해할 수 없다는 듯이 고개를 갸웃거렸다.

"왜 모르는 새끼를 위해 희생하는 것이지? 이 녀석은 네 무리의 새끼도 아니지 않느냐?"

"…모른다. 그냥 본능이 시키는 대로 할 뿐."

수컷 늑대들은 잠시 고민하는 듯하더니 이내 하울링으로 현재의 상황을 알렸다.

"아우우우우!"

―우우우!

그들의 울음에 알파가 화답하자 수컷들은 미련 없이 돌아섰다.

"알파가 그 녀석을 살려두기로 결정했다. 그러니 우리는 돌아간다. 하지만 만약 그놈이 커서 이 땅을 다시 밟는다면 반드시 죽을 것이다. 그때는 인정사정 봐주지 않겠다."

"조심하도록 하지."

실버는 공포에 떨고 있는 새끼를 입으로 살짝 물어 이곳을 떠났다.

*　　　　*　　　　*

고향을 등진 실버는 젖먹이 새끼를 데리고 숲을 배회하고 있었다.

무리 생활을 하는 늑대는 자신들의 영역을 빼앗기면 죽을 때까지 덤비는 습성이 있어서 어지간하면 전쟁은 피하고 보는 실버이다.

그렇다 보니 그가 안착할 곳이 마땅치 않았다.

"큰일이군."

"끼잉⋯⋯."

아직 늑대의 언어도 익히지 못한 이 젖먹이를 키울 생각을 하니 눈앞이 까마득해지는 실버였다.

그는 무작정 정처 없이 떠돌다가 한 무리의 늑대를 만났다.

레나강 하류에서 살고 있던 회색 늑대 무리는 실버를 보자마자 적개심을 드러냈다.

"크르르르릉⋯⋯."

"⋯죽고 싶지 않으면 이곳을 떠나라!"

"나는 침입을 하고자 온 것이 아니다."

"그럼 뭐냐?!"

"이 젖먹이 새끼를 돌볼 수가 없어서 젖을 줄 암컷을 찾아다니던 참이다."

"⋯⋯?"

"떠돌이 새끼다. 내 자식은 아니지만 내가 책임을 지고 있지."

"특이한 녀석이군. 네 자식이 아닌데 젖동냥을 하러 왔다고?"

"그렇다."

모계사회의 율법을 따르는 늑대들은 무리의 새끼들을 공동으로 돌보는데, 가끔은 어미가 죽은 새끼를 양자로 들이는 경우도 있었다.

하지만 지금은 무리 내에서 고아가 발생한 것이 아니기 때문에 새끼를 정식으로 받아들이긴 힘들 것이다.

만약 무리 외부에서 온 새끼가 커서 반역을 일으켜 새로운 우두머리가 생기게 되면 혈통이 바뀌기 때문이다.

그러니 만약 수컷이 혼자 젖동냥을 하러 다녔다간 몰매를 맞고 둘 다 죽을 수도 있을 터였다.

늑대에게도 이름이 있는데, 그들의 언어를 실버만이 알아듣는 문자로도 변환할 수 있었다.

그 문자를 다시 변환시키면 인간의 언어로 변형이 가능했다.

실버는 그들의 언어를 토대로 이름을 번역하여 무리의 이름을 알아냈다.

"너희들 파스칼 무리에서 이 아이에게 젖을 물리게 해준다면 나는 하루에 한 마리씩 순록을 헌납하겠다. 어떤가?"

"이 새끼를 위해 홀로 사냥을 해오겠다고?"

"그렇다."

"혼자 사냥을 나갔다가 호랑이의 영역에 들어가면 분명 죽을 텐데?"

"만약 그렇다면 그건 내 운명이지."

파스칼의 우두머리는 그의 제안을 받아들였다.

"좋다, 순록 한 마리를 잡아오는 조건으로 젖을 먹이도록 하지. 하지만 이놈이 고기를 뜯을 수 있는 나이가 된다면 즉시 나가라."

"물론이다. 그땐 나도 이곳에 있을 생각이 없다."

우두머리는 암컷들에게 새끼를 맡기기로 했다.

"끼잉……."

"도대체 얼마나 굶었기에 아이가 이 지경이 되었지? 이리 온."

암컷들은 새끼를 데리고 굴로 들어갔고, 실버는 약속대로 순록을 사냥하기 위해 길을 떠났다.

*　　　　*　　　　*

늑대 무리가 한 번 사냥하는 데 걸리는 시간은 10분 내외이지만, 그 사냥감을 발견하기 위해선 꽤 오랜 시간 공을 들여야 한다.

특히나 눈이 많이 오는 시베리아의 특성상 숲에서 먹이를 찾는 일이란 그리 쉽지가 않았다.

하지만 실버는 일반적인 늑대에 비해 무려 50배나 강력한 후각을 가지고 있기 때문에 반경 15㎞ 내에 있는 모든 물체의 냄새를 맡을 수 있었다.

그는 자신의 감각에 걸린 거대한 수컷 순록의 냄새를 맡았다.

하지만 그곳은 시베리아 호랑이의 영역이었다.

"꽤 귀찮게 되었군."

호랑이는 늑대 무리 전체가 덤벼도 이길 수 있을지 없을지 장담할 수 없는 맹수의 제왕이다.

산 하나를 거의 독식하다시피 활동하는 호랑이는 매번 늑대와 마찰을 일으켜 혈전을 벌이곤 했다.

지금은 잠시 정체기이지만, 언제 그 도화선에 불이 붙을지 몰랐다.

실버는 호랑이와 담판을 짓기로 했다.

그는 호랑이의 굴 앞으로 다가가 그를 불러냈다.

"컹컹, 아우우우우!"

실버의 하울링을 듣고 나온 수컷 호랑이가 거대한 몸집을 자랑하며 다가왔다.

"…미친놈이군. 이곳이 감히 어디인 줄 알고?"

"네가 이 구역의 호랑이인가?"

"……!"

타 종족 간의 대화는 원래 불가능하지만 실버는 그동안 인간의 곁에서 살아오면서 수많은 동물들의 언어를 습득하였다.

늑대가 호랑이의 언어를 하니 조금 놀라는 표정이었지만 그는 계속해서 말을 이어나갔다.

"구역을 침범하면 누구든 죽는다. 숲의 법도를 모르는 것은 아니겠지?"

"물론이다. 하지만 내가 제안할 것이 있다."

"말해라."

"만약 내가 싸움에서 이기면 이곳에서 하루에 한 번씩 순록을 사냥할 수 있게 해다오."

"순록을?"

"하루에 한 마리씩이면 된다."

"으음……."

"물론 싸움에서 지면 깔끔하게 물러나겠다. 그땐 나를 죽여도 좋다."

호랑이는 산중지왕이라는 명성에 걸맞게 실버의 제안을 받아들였다.

"좋다, 나와 겨루어 이긴다면 순록 사냥을 허락하겠다."

"고맙군."

실버는 호랑이를 적당히 제압할 생각으로 내력을 끌어올렸다.

스스스스스!

"크르르르릉!"

"간다!"

팟!

실버의 몸집은 거의 호랑이와 비슷할 정도로 거대했기 때문에 내공을 싣지 않고 때려도 그 대미지는 엄청날 것이다.

하지만 실버는 순록을 사냥할 때를 대비하여 체력을 아껴야 하는 상황이었다.

그는 내공을 실어 몸통 박치기를 시전하였다.

퍼억!

"크으으웅!"

놀랍게도 한차례 공격을 맞고 버틴 호랑이는 앞발을 들어올려 실버를 후려치려 했다.

부웅!

실버는 몸통을 한 바퀴 회전시켜 공격을 피해낸 후 뒷발로 호랑이의 턱을 걸어찼다.

퍽!

"크허으윽!"

호랑이는 단 두 수에 쓰러지고 말았고, 실버는 그의 곁에
앉아 체력이 회복되기를 기다렸다.

대략 10분 후, 가까스로 정신을 차린 호랑이가 그에게 배를
보였다.

"…졌다. 떠나라면 떠나겠다."

"아니다. 약속대로 나는 순록 한 마리를 사냥할 뿐이다."

호랑이는 고개를 저었다.

"아니, 싸움에서 졌으니 사냥은 내가 하겠다. 순록을 사냥
해서 어디로 가지고 가면 되나?"

"그럴 필요는……."

"숲에도 법도라는 것이 있다. 졌으면 패자로서 살아가야 하
는 법… 그렇게 하지 않으면 나는 숲에 있을 자격이 없다."

제아무리 강력한 전투력을 가진 호랑이라고 해도 드넓은
숲에서 볼 땐 그저 한 개체에 불과하니 법도를 어기고선 살아
남을 수 없을 것이다.

실버는 그의 제안을 받아들였다.

"좋다, 그럼 파스칼 무리에게 매일 한 번식 순록을 사냥해
주면 된다."

"알겠다."

그는 이내 호랑이의 영역에서 벗어났고, 호랑이는 곧장 사냥을 시작하였다.

*   *   *

다음 날 아침, 파스칼 무리는 자신들의 영역에 순록을 이끌고 등장한 호랑이로 인해 비상이 걸렸다.

"아우우우!"

"크르르르르릉!"

"비열한 놈, 감히 우리의 영역을 급습하다니!"

"…그런 것이 아니다. 나는 거대한 회색 늑대의 명령에 따라서 순록을 사냥해 온 것뿐이다."

"명령?"

"그는 나와의 대결에서 승자가 되었다. 그러니 그가 시키는 것이라면 내가 마땅히 따라야 옳지 않겠나?"

"……!"

늑대들은 실버의 전투력이 높다는 것은 알고 있었지만 호랑이를 굴복시킬 수 있을 정도라곤 생각지 못했다.

놀라움으로 가득 찬 늑대 무리의 앞에 실버가 나타났다.

그는 호랑이의 사정에 살을 보탰다.

"명령을 한 것은 아니지만 호랑이가 사냥을 해오기로 한 것은 맞다. 이제부터 하루에 한 번씩 순록을 가져다줄 것이다.
이제 당분간은 먹이 걱정할 필요가 없겠지."

"으음……."

"이제 새끼를 맡기고 당분간 떠나도 되겠나?"

"마음대로 해라. 승자의 결정에 반박할 생각은 없으니."

뜻하지 않게 숲의 패왕이 되어버린 실버는 이 부담스러운
자리에서 내려오기로 했다.

"내가 승자이긴 하지만 더 이상 숲의 법도를 어길 생각은
없다. 이제부터는 숲의 법도에 따라서 살아갈 것이니 승리에
대한 얘기는 더 이상 꺼내지 않았으면 한다."

"알겠다. 그 또한 승자의 특권이니 기꺼이 따르도록 하지."

"고맙군."

실버는 새끼 늑대가 클 때까지 이곳을 잠시 떠나 있기로 했
다.

*　　　　*　　　　*

6개월 후, 실버가 다시 무리로 돌아왔다.

새끼 늑대는 제법 성장하여 솜털이 머리끝까지 올라와 있
었다.

이제는 사냥한 고기를 가져다주면 스스로 먹을 수 있을 정

도가 되어 있었다.

실버는 다소 위축되어 있는 꼬마 늑대를 바라보았다.

"끼잉……."

"따라오너라."

그는 더 이상 남의 무리에 아이를 맡겨둘 수 없다는 것을
잘 알고 있었다.

제아무리 뛰어난 자질을 가진 사냥꾼이라고 해도 피가 섞
이지 않은 늑대는 무리에 적응할 수 없었다.

그러니 실버가 녀석을 데리고 가는 것이 최선일 터였다.

느릿느릿 걸어가는 실버의 곁에 딱 붙은 녀석의 표정은 잔
뜩 주눅 들어 있었다.

"무리에서 따돌림을 받았느냐?"

"네……."

"많이 맞고 물어뜯기면서 살았나?"

"물어뜯기지는 않았지만……."

"그래, 받은 것이 있으니 죽이려 하지는 않았겠지. 하지만
무리란 바로 그런 것이다. 자신의 편을 만들지 못하면 도태되
어 외톨이가 되어버리지."

"네……."

실버는 새끼에게 이름을 물었다.

"이름이 생겼느냐?"

"아니요."

"으음, 이 세상의 모든 생명에는 이름이 있어. 종족이 달라 그 의미를 알아듣지 못하는 것뿐이지."

"그럼 저도 이름이 있어야 하는 것 아닌가요?"

실버는 그에게 무명이라는 이름을 붙였다.

"넌 이제부터 무명이다."

"무명이 뭔데요?"

"이름이 없다는 뜻이지."

"이름이 없는데 뜻이 있어요?"

"없다는 것도 뜻이야."

"아아……!"

그는 공허하다는 의미로 무명이라는 이름을 붙인 것이 아니었다.

"이제부터 네가 어떻게 살아가느냐에 따라서 새로운 이름이 생길 것이다. 원래는 그것을 두고 별명이라고 하지. 넌 앞으로 네 별명으로 이름을 대신하여 평생을 살아가게 될 것이다. 과연 위대한 지도자가 되느냐, 한없이 고개만 숙이는 패자가 될 것인지는 네가 결정하는 셈이지."

"그렇군요!"

무명은 실버에게 애정을 표시하려 했다.

"헥헥……."

털을 핥으려는 무명을 실버는 발로 툭 차버렸다.

픽!

"낑……."

"치대지 마라. 난 정이 많은 늑대가 아니야. 너와 나는 그저 작은 인연으로 묶였을 뿐 혈연관계는 아니다."

"네……."

"명심해라. 이 세상은 원래 혼자서 살아가는 거야. 누가 세상을 대신 살아줄 수는 없어. 그러니 나에게서 사교성을 배우려 하지도 마라. 알겠나?"

"네, 알겠어요."

늑대 무리의 알파는 비단 싸움만 잘한다고 해서 되는 것이 아니었다.

무리를 잘 이끌어 나갈 수 있는 카리스마와 싸움을 중재할 수 있는 유연함, 그리고 사건의 본질을 꿰뚫어 보는 혜안이 필요했다.

더군다나 늑대에겐 사교적인 부분이 가장 중요하기 때문에 동족 간의 교감 능력은 필수라고 할 수 있었다.

하지만 실버는 무명에게 가르쳐 줄 수 있는 것이 아무것도 없었다.

그저 능숙한 사냥꾼으로서 적을 이기고 짓누르는 것만 알려줄 수 있었다.

"만약 네가 나에게 적응할 수 없을 것이라고 생각된다면 과감히 떠나라. 붙잡지 않겠다."

"아니요, 나는 강한 늑대가 되고 싶어요."

"강함은 생각처럼 단시간에 이뤄지는 것이 아니야."

"알아요. 하지만 강해지고 싶어요. 그리고 꼭 강해질 것이고요."

실버는 다른 것은 몰라도 의지력 하나만은 인정해 주고 싶었다.

"그런 의지가 너를 진정한 늑대로 만들어줄 것이다. 결코 잊지 마라."

"네, 아저씨."

"가자."

실버는 넘어져 있는 무명을 일으켜 세워 계속하여 길을 재촉하였다.

*   *   *

1년 후, 무명은 이제 슬슬 성견의 태를 갖춰가고 있었다.

바스락, 바스락.

무명이 수풀 속에 가만히 숨어 먹이를 노려보고 있다.

"크르르릉……."

하지만 의욕이 너무 앞서는 바람에 먹이가 으르렁거림을 듣고 저 멀리 도망치고 말았다.

그는 안타까운 마음으로 먹이의 뒤를 쫓아갔다.

파바바밧!

그러나 실버는 그의 꼬리를 앞발로 찍어 눌러 더 이상 뛰지 못하게 만들었다.

"크윽!"

"그만. 놓친 먹이는 다시 잡을 생각하지 마라. 너무 거리가 멀어서 어차피 못 잡아."

"하지만……."

"의욕이 넘치는 것은 좋지만 그것이 이성을 앞질러선 안 된다. 명심해라. 의욕만 가지고는 되는 일이 아무것도 없어."

"명심하겠습니다."

실버는 이다음 사냥감을 지정해 주었다.

"왼쪽 수풀 아래엔 아기 사슴이 숨어 있다. 사냥할 수 있겠나?"

"…아기 사슴이요?"

"그래, 아기 사슴. 오늘 사냥감이 마땅치 않으니 저런 녀석이라도 잡아먹어야지."

무명은 고개를 저었다.

"너무 약합니다. 저런 약골을 상대로 무슨 사냥을 합니까?

저는 안 합니다."

"안 한다……."

실버는 앞발로 무명을 슬며시 밀어냈다.

"그럼 떠나라. 나는 너 같은 의지박약은 필요 없다."

"아, 아저씨?"

"오늘을 굶으면 내일이 힘들고 내일이 힘들면 그다음 날은 더 힘들다. 생존이란 그런 것이야. 살아갈 의지가 없는 놈은 살아갈 자격도 없는 법이지."

"하지만……."

"나는 네가 아직 새끼이던 시절에 거두어주었다. 그것은 너와 내가 한 종족이기 때문이었다. 하지만 사슴은 그렇지 않다. 사슴은 우리와 적대적 관계다. 우리는 저놈들을 죽여야 살 수 있어. 사슴은 우리를 피해 도망 다녀야 살 수 있지. 한마디로 이 숲은 먹고 먹히는 세계라는 뜻이다."

"그래도 사냥감이 너무 어린 것은 안타깝지 않습니까?"

"어차피 언젠가는 우리가 잡아먹어야 할 놈들이다. 그렇지 않으면 우리가 죽어. 저놈 대신에 네가 죽을 것인가?"

"…아니요."

"그럼 잡아라. 그리고 살아남아라. 살아남는 것이 이 세상에서 가장 중요하다."

"……."

실버는 뒤도 돌아보지 않고 돌아섰고, 무명은 이제 정말 세상에 홀로 설 때가 왔다고 생각했다.

"꾸우우……"

"그래, 저놈은 나의 식사거리다. 놓칠 수는 없다!"

무명은 날카로운 앞발을 드러내며 무작정 새끼 사슴을 덮쳤다.

"크르르르릉!"

하지만 새끼 사슴은 이미 무명이 다가오는 것을 눈치채고 있었기 때문에 그가 달려들었을 때엔 저만치 멀리 도망간 이후였다.

"노, 놓쳤어?"

그제야 무명은 자신이 무엇을 잘못한 것인지 깨달았다.

"새끼고 어른이고 생존에서 도태되면 죽는 것이구나. 그래, 맞아."

무명은 아무리 만만한 상대라도 최선을 다하지 못하면 사냥에 성공할 수 없다는 것을 깨달았다.

이제 그는 아주 작은 것 하나를 깨우쳤을 뿐이다.

"아직 나는 부족하다."

그는 실버의 냄새를 따라서 달리기 시작했다.

*　　　*　　　*

다시 6개월 후, 무명은 이제 완전한 성견이 되어 있었다.

스르륵.

마치 그림자처럼 수풀 안에 완벽하게 숨어든 무명은 그 이름처럼 아무런 흔적도 없이 숲을 누비는 늑대가 되었다.

무명은 자신보다 더 큰 수사슴을 따라서 무려 일주일을 여행하였다.

그는 단 일격에 수사슴의 숨통을 끊어놓지 않으면 자신의 노력이 모두 물거품이 된다는 사실을 잘 알고 있었다.

더 이상의 칼로리 소모는 스스로를 해롭게 하는 것이니 일격을 준비하는 눈빛이 더욱 차분할 수밖에 없었다.

스르르륵!

바로 그때, 무명에게 기회가 왔다.

산새가 수풀을 헤치고 날아가려는 찰나, 수사슴이 그것으로 잠시 눈을 돌린 것이다.

무명은 그대로 돌진하여 수사슴의 목덜미를 물어버렸다.

"크르르르릉!"

꽈득!

그는 정확하게 동맥이 지나가는 길목에 어금니를 박아 넣고 아래턱으로 기도를 압박하였다.

"끼흑, 끼흑!"

처음엔 아주 격렬하게 저항하던 수사슴이 천천히 무너지기 시작했다.

푸하아아악!

급기야 사방으로 피가 튀며 수사슴의 몸이 사시나무처럼 떨렸다.

무명은 아주 오랫동안 목덜미를 압박하여 사냥감이 완전히 죽기까지 기다렸다.

잠시 후, 사후경직이 찾아오자마자 무명이 수사슴을 끌고 자신의 굴로 향했다.

지금 이곳은 영역의 경계선에 있기 때문에 잘못하면 다른 무리의 늑대들에게 먹이를 빼앗길 수도 있었다.

그는 자신의 영역에 있는 열다섯 개의 동굴 중에서 하나를 선택하여 그곳에 먹이를 숨겼다.

이곳까지 오면서 사슴의 냄새를 없애는 데 신경을 썼으며, 그가 사냥에 성공했다는 것을 눈치챈 늑대는 없을 것이다.

와드드드득!

"쩝쩝……."

그는 주변이 완벽하게 정리된 후에야 고기를 뜯기 시작하였다.

무명은 성견이 되기까지 사냥에 실패한 것보다 성공한 적이 더 많았는데, 정작 그것을 제대로 먹어본 적은 그리 많지 않았다.

열을 사냥하면 절반은 호랑이나 다른 늑대들에게 빼앗겨 입에 대보기도 전에 빼앗기기 일쑤였다.

그는 사냥이 끝난 직후가 늑대에겐 가장 취약한 시간이며, 그때에 맞춰 습격을 당하면 꼼짝없이 당할 수밖에 없다는 것을 깨달았다.

풍부한 경험을 통하여 노련한 사냥꾼이 된 무명은 무려 일주일 만에 찾아온 꿀 같은 식사 시간을 즐겼다.

바로 그때, 그의 감각에 자신보다 약간 작은 체구의 무언가가 걸렸다.

"크르르르릉!"

그는 날카롭게 벼려진 어금니를 드러내며 외쳤다.

"침입자는 용서치 않겠다! 만약 먹이를 노리고 온 것이라면 사생결단을 낼 것이다!"

"……."

잔뜩 날이 서 있는 무명의 앞에 선 것은 아주 부드러운 털을 가진 암컷 늑대였다.

"…죄송해요. 저는 이곳이 누구의 영역인지 모르고 들어온 겁니다. 이제 금방 나갈 테니 걱정하지 마세요."

"어서 꺼져 버려!"

암컷이든 수컷이든 간에 자신의 영역을 침범한 자를 살려

두는 경우는 세상에 없었다.

가뜩이나 무명은 일주일이나 굶었기 때문에 누군가 옆구리를 쿡 찌르기만 해도 화가 치밀어 오를 정도로 날카로워져 있었다.

암컷이 축 처져 돌아서는데 그 뒷모습이 너무나 처량해 보였다.

무명은 그녀를 불러 세웠다.

"이봐, 잠깐 멈춰."

"네?"

그는 사슴의 앞다리를 찢어서 그녀의 앞에 던져놓았다.

부우욱!

"먹어."

"저 주시는 건가요?"

"그걸 먹고 다신 내 구역에 얼씬도 하지 마. 다음번에 걸리면 가만 내버려 두지 않겠다."

"…고마워요."

며칠 동안 먹이를 먹지 못한 것인지 그녀는 허겁지겁 다리통을 먹어치우곤 이내 도망치듯 사라졌다.

무명은 계속해서 먹이를 지키며 동굴에 머물렀다.

*　　　*　　　*

한 달 후, 여느 때와 같이 무명이 사냥을 떠나려는 참이다.

우드드득!

"으으, 잘 잤다!"

늑대는 배가 부르면 사냥을 하지 않고 체력을 비축하기 때문에 고기가 충분하고 배가 부르면 한동안 움직이지 않는다.

길면 한 달 이상 걸어 다녀야 하는 늑대에겐 체력 비축이 필수적인 요소였다.

그런데 그의 동굴 앞에 웬 사슴 다리 두 개가 놓여 있었다.

"킁킁······."

무명은 다리에 묻은 체취가 낯이 익다고 생각했다.

실버는 이미 그의 곁을 떠난 이후 한 번도 돌아오지 않았음으로 귀환을 기대하긴 힘들었다.

그렇다면 남은 늑대는 한 마리뿐이다.

"그 암컷 늑대가 빚을 갚은 모양이군."

굳이 빚을 갚으라고 준 것은 아니지만 보답을 받으니 기분이 나쁘지는 않았다.

"공짜로 받은 고기가 더 맛있는 법이지."

그는 그 자리에 앉아 다리 두 개를 순식간에 먹어치웠다.

"꺼억! 잘 먹었다!"

먹성이 좋은 무명은 앉은자리에서 고기를 다 먹은 후 곧장 바위에 배를 깔고 누웠다.

"좋구나."

만약 할 수만 있다면 계속 이렇게 편히 쉬고 싶었지만 늑대 특유의 사냥 본능이 그를 가만히 내버려 두지 않을 것이다.

한동안 바위에 누워 휴식을 취하고 있던 무명이 문득 미소를 지었다.

"그나저나 흥미로운 녀석이군. 얻어먹은 고기를 갚다니. 만약 이것을 혼자서 사냥했다고 가정한다면 아주 뛰어난 실력을 가지고 있겠어. 가정을 이룬다면 충분히 무리를 잘 이끌고 가겠군."

늑대 무리는 우두머리 수컷만큼이나 암컷의 역할이 중요하다고 볼 수 있었다.

짝짓기를 할 시기가 되면 수컷이 아니라 암컷이 수컷을 고르고 그 울타리 안에 스스로 들어가기 때문에 가정의 구성은 암컷이 시작이라 할 수 있었다.

그는 고개를 저었다.

"나같이 융통성 없고 폭력적인 놈을 누가 고르겠어? 더군다나 사교성도 없는데."

무명은 에너지를 최대한 축적시킨 후 다시 사냥을 떠나려고 하였다.

하지만 그는 자신의 영역을 다시 한 번 침범한 암컷을 발견하였다.

"…다시 찾아오면 죽인다고 하셨죠?"

"그랬지."

"그렇다면 혹시 함께 이 구역에서 살게 되면 어떻게 되는 건가요?"

"같이 산다?"

"짝을 짓자는 것이지요."

그는 너무 뜻밖의 상황이라 뭘 어떻게 해야 할지 몰라 당황하였다.

"으음, 그러니까……."

"싫으신가요?"

"아니, 너는 충분히 훌륭한 암컷이다. 탐이 나는 녀석이지."

"그런데 왜……?"

"나는 한 무리를 이끌 수 있을 정도로 뛰어나지 않아. 싸움이 전부는 아니잖아?"

"나머지는 내가 하기 나름이죠."

"그렇다면 이런 나를 감당할 수 있다는 말인가?"

"네."

무명은 자신에게 찾아온 인연을 어떻게 할지 고민하였다.

하지만 암컷은 생각보다 더 적극적이었다.

스윽!

어느새 무명의 곁으로 다가온 그녀는 그의 귓불을 혀로 살며시 쓰다듬었다.

그러자 무명의 생식 본능이 꿈틀거렸다.

"헥헥!"

그는 자신의 이성보다 본능이 시키는 대로 몸을 맡겼다.

*　　　*　　　*

이른 아침, 실버는 평소와 같이 세수를 하기 위해 개울가로 나왔다.

솨아아아아!

시원하게 흐르는 개울물에 얼굴을 씻고 정신을 가다듬은 실버는 아침 사냥에 나서기로 했다.

하지만 그는 자신의 영역을 침범한 다섯 마리의 늑대를 감지하였다.

실버는 천천히 그곳으로 발걸음을 옮겼다.

"헥헥……"

"……"

그는 자신의 앞에 선 작은 무리를 발견하였다.

무명의 무리였다.

아주 아름답고 탐스러운 털을 가진 암컷과 그를 닮은 새끼 세 마리가 실버를 바라보고 있다.

무명이 그에게 고개를 숙였다.

실버는 자신에게 인사를 하기 위해 찾아온 무명에게서 고개를 돌렸다.

"잘 자랐군."

이젠 무명을 걱정하지 않아도 될 모양이다.

그는 무명이 무리를 이루면 자신의 영역을 찾아올 것임을 직감하고 최대한 좋은 자리를 마련해 두었다.

이제 그는 이곳을 유산으로 남겨주고 자리를 떠날 요량이다.

"아우우우우!"

무명이 실버에게 안녕을 고했다.

그러자 암컷과 새끼들이 함께 울었다.

"아우우우우!"

"우우우!"

실버는 굳이 뒤를 돌아보지 않았다.

그는 하울링으로 답했다.

"크르르르룽, 아우우우우우!"

대지를 진동시키는 그의 우렁찬 하울링을 받은 무명은 더 이상 그를 따라가지 않았다.

　이제는 서로의 갈 길이 다르기 때문이다.

『도시 무왕 연대기』완결

초대형 24시 만화방

신간 100%, 샤워실, 흡연실, 수면실(침대석), 커플석, 세탁기 완비

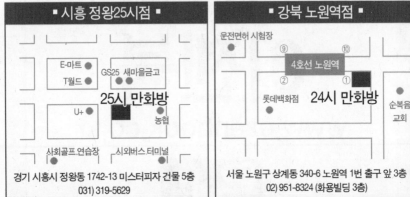

■ 시흥 정왕25시점 ■

E-마트
T월드
GS25 새마을금고
25시 만화방
U+
농협
사회골프.연습장
시외버스.터미널

경기 시흥시 정왕동 1742-13 미스터피자 건물 5층
031) 319-5629

■ 강북 노원역점 ■

운전면허 시험장
⑨ ⑩
4호선 노원역
② ①
롯데백화점
24시 만화방
순복음 교회

서울 노원구 상계동 340-6 노원역 1번 출구 앞 3층
02) 951-8324 (화용빌딩 3층)

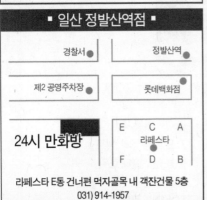

■ 일산 정발산역점 ■

경찰서
정발산역
제2 공영주차장
롯데백화점
24시 만화방
E C A
라페스타
F D B

라페스타 E동 건너편 먹자골목 내 객잔건물 5층
031) 914-1957

■ 일산 화정역점 ■

덕양구청
③ ④
화정역
② ①
세이브존
롯데마트
이마트
24시 만화방
화정중앙공원 화정동 성당

경기도 고양시 덕양구 화정동 984번지 서일빌딩 7층
031) 979-4874 (서일사우나 건물 7층)

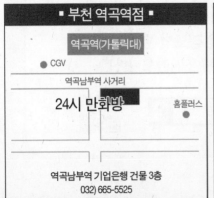

■ 부천 역곡역점 ■

역곡역(가톨릭대)
CGV
역곡남부역 사거리
24시 만화방
홈플러스

역곡남부역 기업은행 건물 3층
032) 665-5525

■ 부평역점 ■

시장로터리
부평문화의거리
한남시티프라자
24시 만화방
나들가게
부평
지하상가
부평1번가 춘천집 부평점

(구) 진선미 예식장 뒤 한신포차 건물 10층
032) 522-2871

FUSION FANTASTIC STORY

김대산 장편소설

완빤치

2년 차 대한민국 취업 준비생 김철민.

친척 하나 없는 사고무친의 처지로 앞날이 막막하기만 하던 어느 날,
우연치 않게 산 로또가 1등에 당첨된다.
아니, 그가 1등에 당첨되도록 만들었다.

혼자만의 상상으로만 해왔던 이상한 놀이
'시거'가 현실로 이루어진 것이다.

졸부(猝富), 그리고 '시거'와 함께
또 하나의 이상한 현상인 '슬비'가 더해지면서,

그의 일상은 이윽고
예측할 수 없는 격변 속으로 빠져든다.

Book Publishing CHUNGEORAM

유행이 아닌 자유추구 -
WWW. chungeoram.com

이계진입
리로디드

임경배 퓨전 판타지 소설

FUSION FANTASTIC STORY

『권왕전생』임경배의 2015년 신작!

『이계진입 리로디드』

왕의 심장이 불타 사라질 때,
현세의 운명을 초월한 존재가 이 땅에 강림하리라!

폭군으로부터 이세계를 구원한 지구인 소년 성시한.
부와 명예, 아름다운 연인…
해피엔딩으로 이야기는 끝인 줄 알았건만
그 대가는 지구로의 무참한 추방이었다.
그리고 10년 후……

"내가 돌아왔다! 이 개자식들아!"

한 번 세상을 구한 영웅의 이계 '재'진입 이야기!

Book Publishing CHUNGEORAM

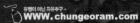

유행이 아닌 자유추구 ~
WWW.chungeoram.com

미러클
테이머

인기영 장편소설

FUSION FANTASTIC STORY

MIRACLE
TAMER

이계로 떨어져 최강, 최고의 테이머가 되었다.
그러나… 남은 것은 지독한 배신뿐.

배신의 끝에서 루아진은 고향, 지구로 되돌아오게 되는데……
몬스터가 출몰하기 시작한 지구!
그리고 몬스터를 길들일 수 있는 테이머 루아진!
그 둘의 조합은……?

『미러클 테이머』

바야흐로 시작되는
테이머 루아진과 몬스터들의 알콩달콩한
대파괴의 서사시!!

Book Publishing CHUNGEORAM

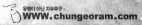